Jona Orbis

Nachtschicht

Abenteuer mit einem Pflegeroboter

Jona Orbis

Nachtschicht

Abenteuer mit einem Pflegeroboter

Science Fiction

Impressum

Bibliografische Information der Deutschen Nationalbibliothek:
Die Deutsche Nationalbibliothek verzeichnet diese Publikation in der Deutschen Nationalbibliografie; detaillierte bibliografische Daten sind im Internet über http://dnb.dnb.de abrufbar.

Lektorat: C. Kaula
Korrektorat: C. Kaula

Herstellung und Verlag: BoD – Books on Demand, Norderstedt

ISBN: 9783756202898

FSC www.fsc.org
MIX
Papier aus verantwortungsvollen Quellen
Paper from responsible sources
FSC® C105338

HENRY

Henry Taylor war bereits seit einer halben Stunde im Dienst, doch erst jetzt verließen endlich die letzten Betreuungsaushilfen die Station. Wie jeden Abend, wenn er Dienst hatte, kamen sie am Pflegerzimmer vorbei und wünschten ihm eine ruhige Nachtwache.

Er antwortete mit halbherzigen Grußformeln. Insgeheim hatte er nur darauf gewartet, endlich allein zu sein.

Die Stationstür fiel hinter der letzten Frau ins Schloss.

Trotz aller bildungspolitischen Initiativen bestand die Mannschaft der Seniorenbetreuer nach wie vor zu hundert Prozent aus Frauen – Männer verirrten sich nur durch Praktika oder Sozialstunden auf die Station.

Henry lehnte sich zurück und gönnte sich einen Augenblick Ruhe. Er lauschte dem vertrauten Summen der Überwachungsmonitore, dem Brummen der Klimaanlage und sog den vertrauten Geruch nach Desinfektionsmitteln, Wundschutzcreme und urinfeuchter Bettwäsche ein, der auf der Station jeden Winkel durchzog.

Dann griff er in die Schublade neben sich, seine persönliche Ablage. Er holte einen Stapel Unterlagen und einen Tablet-PC heraus. Noch sechs Monate bis zu seiner Abschlussprüfung. Er wusste, dass er jede Gelegenheit zum Lernen nutzen musste, um zu bestehen.

Die Ernennung zum Pflegetechnikerwürde ihn in seinen Karriereplänen ein großes Stück voranbringen. Er würde…

Ein schriller Piepton riss ihn aus seinen Gedanken. Rasch kontrollierte er die Monitore. Vier von ihnen zeigten die übliche, wechselnde Übersicht zwischen den Bewohnerzimmern und Fluren. Auf Bildschirm Nummer fünf blinkte eine rote Warnleuchte. Die betreffende Ansicht wurde automatisch im Vollbildmodus angezeigt.

Henry fluchte, als er die Ursache für den Alarm erkannte: Mediko, der Mediroboter Nr. 3 hatte sich mit dem Medikamententablett in der Besucherecke zwischen einem Stuhl und einer Textilpflanze festgefahren. Getreu seiner Programmierung hatte er einige Male versucht, sich selbst aus der Lage zu befreien. Als seine Sensoren ihm meldeten, dass dieser Versuch misslungen war, hatte er den Alarm ausgelöst, um den Pflegetechniker zu rufen.

Henry legte seine Unterlagen beiseite, griff nach seinem Notfallkoffer und machte sich auf den Weg zu Mediko 3. Die Pfleger nannten ihn Paul, aber das war Henry zu menschlich. Sicher, er kommunizierte mit den Pflegern und konnte sogar Witze erzählen – ursprünglich war diese Funktion dazu gedachte, die Bewohner zur Medikamenteneinnahme zu bewegen. Trotzdem blieb er ein Roboter. Er war nützlich und hilfreich, das stand außer Frage – doch Henry hätte sich am liebsten jedes Mal absichtlich taub gestellt, wenn die Pfleger ihn riefen, um „Paul“ zu helfen.

Henry eilte durch die leeren Flure, bis er Mediko 3 erreicht hatte. Mit geübtem Griff öffnete er eine Klappe an der Hinterseite des hüfthohen grauen Würfels, der den Hauptteil der Technik des Roboters enthielt. Dort schaltete er den Roboter in den Ruhemodus.

Sein technischer Pflegedienstleiter hielt nicht viel davon, dass Henry sich so akribisch an die Vorschriften hielt. Er selbst reparierte die Roboter immer im laufenden Betrieb und behauptete, der Ruhemodus sei für Angsthasen, und im Übrigen könne er so anhand der Reaktion des Roboters schneller erkennen, ob er die Programmierung auf die richtige Art geändert hatte.

Henry fragte sich jedes Mal bei diesem Vortrag, ob sein Vorgesetzter wohl auf diese Art seinen linken Zeigefinger verloren hatte.

Er selbst würde dieses Risiko nicht eingehen. Er zog sein

Diagnosegerät aus dem Notfallkoffer und schloss es an Henrys Hauptplatine an. Schon nach wenigen Sekunden flimmerten Codierzeilen über den Bildschirm. Es dauerte dennoch volle zwei Minuten, bis das Gerät den Fehler anzeigte: Eine von fünf Rollen des Roboters, die verdeckt unter der Schürze unten am Würfelkörper ihre Arbeit taten, war verklemmt.

Henry löste das Diagnosegerät vom Roboter und schloss die Wartungsklappe. Dann drehte er Mediko 3 behutsam auf die Seite, sodass er die Rollen erreichen konnte.

Der Roboter wog etwa achtzehn Kilogramm und war damit für Laien überraschend schwer. Zum einen lag es daran, dass Mediko 3 ein veraltetes Modell war, weswegen seine Programmierung auch immer wieder versagte. Zum anderen war der Roboter aber dadurch auch gut gegen ungewolltes Umkippen gesichert, zum Beispiel wenn – was immer wieder vorkam – Bewohner nach ihm traten.

Henry zog ein völlig verwickeltes Knäuel Haare mit einer Pinzette von der Achse des verklemmten Rades. Leider waren herumliegende Haare, Verpackungsmaterialien oder Essenrest die häufigste Ursache für Fehlfunktionen bei den Robotern.

Minutiös kontrollierte Henry auch alle anderen Rollen und fand noch eine verklebte Lutschpastille und ein Bonbonpapier, was Mediko 3 zwar noch nicht an seiner Arbeit hinderte, aber vermutlich in Kürze dazu geführt hätte.

Zufrieden richtete Henry Mediko 3 wieder auf und schaltete ihn ein. Er wusste, dass sich sein Vorgesetzter und auch seine Kollegen von den anderen Stationen über seine Gründlichkeit lustig machten. Doch er wusste auch, dass es eben diese Genauigkeit war, die dafür sorgte, dass er immer an der Spitze in der Statistik der Roboterausfälle stand – keine Station verzeichnete so wenige kritische Ausfälle wie die, auf der Henry arbeitete.

BEWOHNER 24

Hinter der Tür 24 lebte Ottokar Bergmann, im Pflegeplan nur als Bewohner 24 aufgeführt.

Ottokar war sauer. Der Tatort lief schon seit fast einer halben Stunde, und noch immer war Paul nicht aufgetaucht, um ihm seine Medikamente zu bringen. Dabei hatte er den kleinen Roboter im Zimmer nebenan gehört, als er Frau Schiewald die Tabletten reichte. Ottokar hörte immer durch die dünne Zimmerwand, wie Paul jeden Abend die gleichen müden Witze erzählte, um Bewohnerin 23 zu unterhalten, während sie ihre Medikamente nehmen sollte. Na ja, Frau Schiewald war dement, für sie waren die Witze ohnehin jeden Tag neu.

Doch danach war Paul nicht zu ihm gekommen.

Ottokar mochte es, mit Paul die ersten Minuten des Tatorts anzusehen und ihn nach seiner Meinung zum Ausgang des Falls zu befragen. Natürlich überforderte die Unterhaltung den Medikamentenroboter, doch Ottokar hatte sonst niemanden, mit dem er seine Hypothesen besprechen konnte.

Bevor Maria Niehus nach dem Schlaganfall den Großteil ihres Sprachvermögens verlor, hatte er sich jeden Mittwoch mit ihr den Tatort angesehen, voller Bewunderung für ihren klaren Verstand.

Nach ihrem Schlaganfall lebte sie noch sechs Monate. Die einst so lebenslustige Frau mit dem klugen Kopf lag wie eine lebende Tote auf dem Bett und wurde dreimal am Tag von einem der Pflegeroboter gewendet. Er hatte ihren Anblick in den letzten Tagen ihres Lebens kaum ertragen. Bald sollte jemand Neues in ihr Zimmer einziehen, hatte er von den Seniorenbetreuerinnen gehört.

Endlich erklang das Türsignal, die Schiebetür zu Ottokars Zimmer öffnete sich mit einem leisen Zischen und Paul betrat das Zimmer.

„Du bist aber spät heute“, begrüßte ihn Ottokar. „Bist du

noch irgendwo für ein Pokerspiel abgebogen?“

Paul schob ihn mit einem mechanischen Summen seine Tablettenportion auf einem Tablett entgegen. Die einzelnen Dosen waren durch Pauls Programmierung so gesichert, dass er nur seine eigene greifen konnte. Alle anderen waren in den magnetisch verschlossenen Dosen auf dem Tablett festgehakt. Ottokar ergriff seine drei Abendtabletten und stellte die Dose neben ein Glas Wasser auf seinen Nachttisch.

„Bitte einnehmen“, sagte Paul. Er war programmiert, die Einnahme zu überwachen und würde das Zimmer erst verlassen, wenn Ottokar die Tabletten eingenommen hatte.

Auch das hatte der alte Mann bereits getestet. Weigerte er sich zu lange, die Tabletten zu nehmen, alarmierte Paul den diensthabenden Pfleger. Diese waren allerdings sehr wenig amüsiert über solche Kindereien.

Trotzdem bot es eine interessante Abwechslung im Alltagseinerlei.

Ottokar nahm seine Tabletten in den Mund und spülte sie mit einem Glas Wasser hinunter. Paul würde es nicht merken, wenn er sie nicht oder nur teilweise nahm. Auch das hatte er bereits getestet.

„Warum warst du denn so spät heute?“, wiederholte Ottokar seine Frage.

„Ich hatte eine Fehlfunktion in meinem Fahrwerk“, erklärte Paul.

„Bleibst du noch etwas hier? Der Tatort läuft.“

Paul gab ein verneinendes Tonsignal. „Ich bin zeitlich stark im Verzug. Ich wünsche eine gute Nacht.“

Er drehte sich auf seinen Rollen um und hinter ihm schloss sich die Zimmertür mit einem Zischen.

Ottokar war wieder allein.

Im Hintergrund lief der Tatort.

HENRY

Henry überprüfte auf dem Monitor die Runde des Medikamentenroboters. Wie immer bei Bewohner 24 dauerte es wieder länger. Normalerweise benötigte Paul pro Bewohner 120 Sekunden. Wenn es nach Henry ging, bräuchte Mediko 3 nur 90 Sekunden, dann müsste er aber auf Begrüßungsformeln und Höflichkeitsfloskeln verzichten, was aus Sicht der sozialen Pflegdienstleistung nicht infrage kam.

Während Mediko 3 weiter seine Runde machte, vertiefte sich Henry wieder in seine Unterlagen.

Nach etwas mehr als einer Stunde hatte Mediko 3 seine Arbeit beendet und gab durch ein Signal bekannt, dass er jetzt die Ladestation anfahren würde. Henry bestätigte den Befehl.

Endlich herrschte Ruhe, die Bewohner schliefen hoffentlich dank der Medikamente, und er konnte in Ruhe lernen. Er wollte auf jeden Fall als einer der Besten in der Prüfung abschneiden. Dann hätte er gute Argumente, den amtierenden technischen Pflegedienstleiter abzulösen, wenn dieser in einigen Jahren in den Ruhestand ging. Henry hatte bereits viele Ideen, das System der Mediroboter effektiver zu machen. Außerdem wollte er verstärkt an der Entwicklung der Kommunikationsroboter arbeiten. Bisher wurden diese nur als Zusatz im Einsatz und nur für Privatpatienten eingesetzt.

Sie konnten auf Wunsch mit den Regeln für verschiedene Gesellschaftsspiele oder zu gesellschaftlichen Themen programmiert werden und ausgewählten Bewohnern auf Wunsch Gesellschaft leisten, wenn die Betreuungskräfte nicht anwesend waren.

Henry schwebte vor, die Betreuungskräfte auf Dauer viel häufiger durch den Einsatz von Kommunikationsrobotern zu unterstützen. Seit zwei Jahren arbeitet er bereits an einem Roboter, der die Gebärdensprache beherrschte und die Blindenschrift auf einem Touchscreen haptisch abbilden konnte.

Die notwendigen Teile dafür hatte er sich aus dem Schrottcontainer des Pflegeheims herausgesucht. Genaugenommen war das ein Diebstahl, für den er hätte entlassen werden können. Doch Henry dachte nur daran, wie verblüfft seine Vorgesetzten sein würden, wenn er seinen Roboter präsentierte.

Ein Alarm riss ihn aus seinen Gedanken. Er fluchte. Was war denn los heute Nacht? Normalerweise kamen in seinen Nachtschichten höchstens einmal pro Woche ein Alarm vor.

Er überprüfte die einzelnen Monitore. Zuerst verstand er den Alarm nicht. Auf allen Ansichten waren nur die normalen Einblendungen zu sehen. Keine technischen Störungen, keine lebensbedrohlichen Störungen der Vitalfunktionen der Bewohner.

Noch einmal ging er Monitor für Monitor durch. Keine der Überwachungskameras oder Sensoren war ausgefallen. Er konnte nicht erkennen, woher der Alarm kam.

Plötzlich fiel ihm etwas ein. Hektisch griff er nach dem Touchpad, mit dem er die jeweiligen Sensoren und Kameras der einzelnen Bewohnerzimmer anwählen konnte. Jedes Zimmer wurde lückenlos durch Wärme- und Bewegungssensoren sowie Kameras überwacht. Diese Informationen wurden beim Pflegedienst noch ergänzt durch die Vitalfunktionen, die per Armband überwacht wurden.

Doch hier lag eine andere Störung vor. Henry beschlich eine düstere Ahnung. Während er sich zu einer im System versteckten Überwachungskamera durchklickte, hoffte er noch immer, er würde sich irren.

Er irrte sich nicht.

Bewohnerin 51 prügelte mit ihrem Gehstock auf DR 1 ein – der erste Prototyp eines Demenzroboters.

Henry fluchte. Der Prototyp hatte allein einen Wert von 100.000 Euro, ganz zu schweigen von der Entwicklungsarbeit, die darinsteckte – und nicht zuletzt der Tatsache, dass er der erste Prototyp seiner Art war, der erst seit wenigen Wochen eingesetzt wurde.

Das Seniorenheim „„Herbstlaub““ hatte sich gemeinsam mit vier Dutzend Altenheimen um die Auswahl zum Pilotheim beworben, um den Prototypen zu testen.

Obwohl sich auch eine Handvoll auf Demenz spezialisierte Heime beworben hatten, hatte Henrys sehr gute Qualifikation und die geringe Fehlerquote bei seinen Pflegerobotern den Ausschlag dafür gegeben, dass „Herbstlaub“ die Ausschreibung gewonnen hatte.

Nicht auszudenken, was es für „Herbstlaub“ und nicht zuletzt für Henrys Karriere bedeuten würde, wenn Bewohnerin 51 den Prototypen irreparabel beschädigen würde.

Er griff nach seinem Diagnosekoffer mit dem Werkzeug und hechtete über den Flur. Per Fernbedienung, die er im Dienst immer an seinem Gürtel trug, setzte er die permanente Türverriegelung von Zimmer 51 außer Kraft. Die Schiebetür öffnete sich beinahe lautlos.

Weniger ruhig ging es im Zimmer dahinter zu. Die Bewohnerin kreischte und schlug immer wieder mit ihrem Gehstock auf den DR 1 ein. Die Servomotoren knirschten bereits bedenklich.

Henry versuchte, sich zwischen den DR 1 und die Bewohnerin zu stellen.

„Lassen Sie mich! Er ist ein Dieb! Ein dreckiger Dieb!“, schrie sie und versetzte dem DR 1 einen neuen Schlag.

Henry griff nach dem Gehstock, und es gelang ihm, den nächsten Hieb abzulenken.

„Er will mich ausspionieren! Ihr habt ihn geschickt, um meine Gedanken zu kontrollieren!“, kreischte Bewohnerin 51.

Henry hielt mit der rechten Hand ihren Stock weiter fest, mit der linken versuchte er sich vor den Faustschlägen der Bewohnerin zu schützen.

Dennoch gelang es ihr, dem DR 1 einen weiteren Schlag zu versetzen.

Henry sah rot. Er konnte nicht weiter zuschauen, wie eine verwirrte alte Frau einen Prototypen von unschätzbarem Wert beschädigte.

Er ließ seine Deckung fallen und griff mit der Linken an seine Gürtelschlaufe. Dort hing ein Elektroschocker für Notfälle. Bisher hatte er ihn erst ein einziges Mal anwenden müssen, als die damalige Bewohnerin 18 ihn mit einem Messer tätlich angegriffen hatte.

Henry drückte Bewohnerin 51 das Gerät in die Seite und löste den Stromschlag aus.

Sie schrie auf und fiel zu Boden. Dort zuckten ihre Gliedmaßen unkontrolliert einige Sekunden lang weiter.

Der Gehstock rollte aus ihrer Hand.

Henry überzeugte sich, dass sie kampfunfähig war, dann wandte er sich an DR 1.

Er hielt ihm seine Identifikationskarte vor den Sensor. Dieser schien noch zu funktionieren, denn DR 1 antwortete: „Identifikation Pflegetechniker positiv. Zugriff auf Hauptsysteme gewährt.“

Henry betrachtete den Roboter. Er war etwa einen Meter dreißig groß und zumindest annähernd humanoid geformt. Er hatte einen rundlichen Kopf und einen Hals, der in Schultern und einen Oberkörper überging. Unterhalb der um 360 Grad drehbaren Hüfte befand sich ein Unterbau, der dem von Mediko 3 ähnelte: ein Pyramidenstumpf mit einem darunter von vorne unsichtbar angebrachtem Fahrwerk.

DR 1 besaß zwei hochentwickelte Greifarme, die so präzise arbeiteten, dass sie feinste Arbeiten ausführen konnten. Das fertige Modell sollte sogar mit hautähnlichem Material an den Händen überzogen werden, um Berührungen mit Körperwärme zu simulieren.

Der rechte Arm war stark beschädigt, er hing herab. Die Hand zuckte ab und zu. Mehrere Kabel hatten sich gelöst.

Der Kopf stand schief und eins der Augen schien tot zu sein.

Henry fluchte.

„DR 1, welche Systeme wurden beschädigt?"

Ihm kam in den Sinn, dass die Pfleger vermutlich zuerst nach der Ursache für den Ausbruch von Bewohnerin 51 gefragt hätten, aber das interessierte Henry nur am Rande. Bei einer Patientin wie Bewohnerin 51 war es überflüssig, nach den Ursachen zu forschen. In ihrem Gehirn waren so viele Schaltkreise durcheinandergeraten, dass sich auch die Psychiater keinen anderen Rat wussten, als sie mit Medikamenten ruhig zu stellen.

DR 1 antwortete mit klarer Stimme, sein Sprachmodul schien nicht beschädigt zu sein.

„Im rechten Arm ist der Primärservomotor ausgefallen. Außerdem sind die Haupt- und die Ersatzleitung zur Hand beschädigt. Die rechte Hand ist nicht kontrollierbar." Wie zur Bestätigung zuckte diese einige Male.

Hinter ihm auf dem Boden stöhnte Bewohnerin 51 auf. Henry beachtete sie nicht. Der Elektroschock würde sie noch mindestens für einige Minuten in der Bewusstlosigkeit halten.

„Am Kopf wurden zwei Reparaturklappen beschädigt. Keine Sensorreaktion mehr im linken Auge. Das rechte Auge arbeitet eingeschränkt. Die Farbwahrnehmung ist gestört. Zudem wurden zwei Nebenplatinen beschädigt."

Henry fluchte. Das war nicht gut. Die Steuerungseinheiten im Kopf, die Platinen, waren hoch entwickelt, aber sehr empfindlich und praktisch unersetzbar, wenn ihre Programmierung verloren ging. Jedenfalls konnte er sie nicht instand setzen, ohne Meditech zu benachrichtigen, den Hersteller des DR 1, für den sie den Prototypen testeten.

„Welche Platinen genau wurden beschädigt?"

DR 1 zögerte einige Sekunden mit der Antwort. Eine Reihe blinkender LEDs seitlich am Kopf informierten Henry, dass der Roboter eine tiefer gehende Selbstdiagnose durchführte.

„Eine der drei Nebenplatinen des Kommunikationssystems und eine Nebenplatine der visuellen Wahrnehmung."

Henry überlegte. Letzteres würde das eingeschränkte

Sehvermögen erklären, aber warum war das linke Auge vollständig ausgefallen?

„Was ist die Ursache für die Störung des linken Auges?“, fragte er.

Dieses Mal benötigte DR 1 noch länger für die Diagnose. Hinter ihmbewegte sie sich Bewohnerin 51 hin und her. Sie würde bald aufwachen.

„Negativ. Keine Diagnose der Störung des linken Auges möglich“, meldete DR 1.

Henry nickte. Das hatte er befürchtet.

„Kannst du mir in die Werkstatt folgen?“, fragte er den Roboter.

Der Prototyp nickte. Henry staunte. Diese Fähigkeit war selbst ihm neu.

Er gab DR 1 den Befehl, vorauszugehen. Dann warf er einen letzten Blick auf Bewohnerin 51. Ihre Lider flatterten bereits. Bald wäre sie wieder wach. Er würde überprüfen müssen, was der Grund für ihren Ausbruch gewesen war. Dazu würde er sich später die Videoaufnahmen des DR 1 ansehen, die er grundsätzlich machte, um das Verhalten von Bewohnerin 51 – und sein eigenes – zu analysieren.

Henry verschloss die innere und äußere Tür des Zimmers 51 besonders sorgfältig. Er beschloss, den Pflegedienst nicht zu verständigen.

Das würde zu viele Fragen aufwerfen und ihn zu viel Zeit kosten, die er gerade nicht hatte. Er musste DR 1 reparieren, bevor die Tagschicht kam und die Beschädigung bemerkte.

In dem Fall würde es eine ellenlange Untersuchung mit einem noch längeren Bericht geben und im schlimmsten Fall würde „Herbstlaub“ der Prototyp entzogen. Das konnte Henry nicht riskieren. Er folgte DR 1 zum Werkzeugraum.

BEWOHNER 24

Ottokar sah dem technischen Pflegedienstleiter nach, wie er mit dem Roboter im Werkraum verschwand, der an den Stationsraum der Pfleger angrenzte, in dem sich die Überwachungsmonitore befanden.

Sein Blick wanderte zu Zimmer 51. Auf der Station war es wieder ruhig. Kein Kreischen mehr, kein Alarmsignal. Auch wenn es nur leise zu hören gewesen war, hatten Ottokars aufmerksame Ohren es wahrgenommen. Der Tatort war eine Wiederholung gewesen, sodass ihm eine Abwechslung gerade recht kam. Ottokar war dabei gewesen, als Bewohnerin 51 eingezogen war.

Niemand hatte damit gerechnet. Die Station war mit 50 Zimmern ausgestattet und voll belegt gewesen. Nach einem Todesfall dauerte es in der Regel nur wenige Tage, bis ein neuer Bewohner eingezogen war. Die Wartelisten waren lang, viele ließen sich bereits im Mindestalter von 65, also bereits fünf Jahre vor dem durchschnittlichen Rentenalter, auf eine oder mehrere Wartelisten in verschiedenen Seniorenheimen setzen.

Der Mensch, dachte Ottokar, verbringt sein Leben auf Wartelisten. Bei der Geburt kommt er auf die Warteliste für einen Kindergartenplatz, mit Eintritt in den Kindergarten auf die Warteliste für eine Eliteschule, dann folgte eine Warteliste für ein hochklassiges Internat, einen Studienplatz, eine bezahlbare Mietwohnung – und schließlich für den Altersruhesitz.

Bei Bewohnerin 51 war es anders gewesen. Denn sie wurde nicht gezählt. In den öffentlich einsehbaren Statistiken des Heims tauchte sie nicht auf. Ottokar verfolgte das regelmäßig nach. Es war auf ihrer Station – der mittleren von insgesamt dreien – immer nur von 50 Bewohnern die Rede. Auch die Anzahl der Essen und der Zimmer, in denen Paul seine

Medikamente verteilte, belief sich offiziell auf 50.

Ottokar hatte noch nie gesehen, dass Paul Zimmer 51 betreten hatte. In der Tagschicht ging einmal morgens und einmal nachmittags ein Pfleger mit einem Tablett hinein. Er schloss die Tür immer ganz, bevor Ottokar auch nur irgendwas sehen konnte. Es schien so, als wäre direkt hinter der Zimmertür noch eine weitere Tür.

Wie eine Art Schleuse.

Ottokar erinnerte sich, dass dieses Zimmer vor zwei Jahren noch ein Abstellraum für Putzmittel, Werkzeuge und nicht benötigte Betten und Stühle gewesen war. Hinter Tür 51 befanden sich zwei große Räume für nicht benötigte Pflegebetten und ein kleiner, fensterloser Raum für Putzmittel und Werkzeuge. Durch die Dämpfe der Putzmittel waren die Werkzeuge immer von Flugrost befallen gewesen. In den ersten Jahren hatte Ottokar den Raum häufiger betreten. Da war noch ein anderer Assistent des technischen Pflegedienstes da gewesen. Dieser hatte die Bewohner mit entsprechenden Kenntnissen oder Interesse immer in die Arbeiten mit einbezogen. Ottokar hatte sich in den ersten drei Jahren nützlich und gebraucht gefühlt. Er hatte klemmende Fenster und wackelnde Stühle repariert. Dadurch kannte er viele der langjährigen Bewohner gut. Sicher, inzwischen waren einige verstorben, doch noch immer hatte Ottokar auf der Station gute Quellen, wenn er etwas erfahren wollte.

So hatte er auch Maria kennengelernt. An ihrem Bett war eine Stütze abgebrochen, und sie hatte sich mit einem Stapel Bücher beholfen. Als er ein Vierkantholz unter das Bett schraubte, damit es nicht mehr wackelte, hatte sie seine Hand berührt.

Ottokar verdrängte den Gedanken. Es machte ihn traurig.

Stattdessen konzentrierte er sich wieder auf Zimmer 51.

Die Dame war vor zwei Jahren angekommen. Spätabends, heimlich und ohne Ankündigung.

Ottokar war es trotzdem gelungen, einen Blick auf sie zu

werfen.

Er kannte sie.

Sie war die Landesministerin für Pflege und Soziales. Die ehemalige Landesministerin. Er erkannte sie, obwohl ihr Gesicht kaum noch Ähnlichkeit mit der „stählernen Lady" hatte. Sie hatte die harschen Pflegereformen durchgesetzt, durch den der massive Einsatz der Pflegeroboter möglich geworden war.

Nun war sie geistig stark verwirrt, vermutlich dement und eben auf ihre eigene Pflegereform angewiesen.

Ironie des Schicksals, dachte Ottokar.

Er schlenderte in seinem gestreiften Schlafanzug und den flauschigen Puschen, die kaum ein Geräusch verursachten, wenn er sich mit ihnen bewegte, wie zufällig über den Flur zur Besucherecke. Dort nahm er eine Zeitschrift und blätterte darin. Er kannte den Radius der Überwachungskamera genau. Er hatte Stunden damit zugebracht, über jede einzelne Kamera auf dem Flur Buch zu führen. Kaum hatte sich ihr Auge weggedreht, huschte er geduckt zu Zimmer 51 hinüber. Hier gab es einen toten Winkel, das Zimmer wurde nicht vom zentralen Überwachungssystem erfasst. Vermutlich hatte das Seniorenheim zu viel Angst vor einem Hackerangriff der Klatschpresse. Offiziell wurde die Landesministerin in ihrem Zuhause betreut und erfreute sich abgesehen von altersbedingten Gebrechen bester geistiger Gesundheit.

Ottokar untersuchte die Tür. Im unteren Drittel gab es eine Klappe, durch die ein Tablett genau hindurchpasste.

Wie bei einer Gefängniszelle, dachte er.

Rechts neben der Tür war ein elektronisches Schloss mit einem Code angebracht. Den Code kannte er nicht.

Dafür aber einen Trick.

Ottokar hatte dem früheren technischen Pflegedienst oft genug über die Schulter geschaut, um zu wissen, wie man ein elektronisches Schloss in einem Notfall ohne Code öffnen konnte.

Dies war nicht direkt ein Notfall. Mehr ein Anfall – von starker Neugierde.

Ottokar tastete die Wand unter dem rechteckigen, elektronischen Kasten ab, der das eigentliche Schloss darstellte.

Nach wenigen Sekunden hatte er gefunden, was er suchte: Unter der Tapete war ein kleiner Knopf eingelassen, unsichtbar für alle, die nicht wussten, wonach sie suchen mussten.

Er drückte ihn.

Mit einem leisen Klacken öffnete sich an der rechten, schmalen Seite des rechteckigen Kastens eine fingerbreite Wartungsklappe. Darin eingelassen war ein etwa fünfzehn Zentimeter langer Hebel. Ottokar bekam seinen Griff beim zweiten Mal zu fassen, zog ihn heraus und drückte ihn dann hinunter. Mit einem Klacken löste sich die Verriegelung der Zimmertür.

Ottokar grinste. Gelernt war eben gelernt.

Er schob zwei Finger in den Türspalt und verschloss die Wartungsklappe wieder. Die Tür öffnete sich auf diese Weise nur wenige Zentimeter, aufschieben musste er sie von allein. Das ging überraschend schwer. Ottokar musste zweimal Kraft sammeln, um die Tür so weit aufzubekommen, dass er hindurchpasste.

Er schlüpfte in das beinahe dunkle Zimmer hinein. Nur die Nachtbeleuchtung warf ein gespenstisches Licht auf die Szenerie.

Bevor er sich jedoch mit dem Anblick vor ihm beschäftigte, schob Ottokar ein zerknülltes Taschentuch zwischen Tür und Rahmen und schob sie bis auf wenige Zentimeter wieder zu. Bei einer flüchtigen Betrachtung sollte die Tür von außen wie geschlossen aussehen.

Jetzt wandte er sich um und versuchte, im Halbdunkel etwas zu erkennen. Bevor sich seine Augen an die spärliche Beleuchtung gewöhnten, nahm er bereits den beißenden Geruch nach Desinfektionsmitteln und etwas wie von verbranntem Fleisch und angeschmorten Kabeln wahr.

Hatte Bewohnerin 51 etwas anbrennen lassen?

Ottokar brauchte einige Augenblicke, um zu merken, dass er sich in einer Art Vorraum befand. Durch eine Glastür konnte er in das Zimmer hineinsehen. Die Tür war nicht ganz geschlossen, sie stand etwa eine Handbreit offen.

Als hätte jemand das Zimmer übereilt verlassen, dachte Ottokar.

Die Scheibe schien dunkler zu sein, als normales Glas. Als er vorsichtig in das Zimmer spähte, merkte er, dass er recht hatte. Das Zimmer war wenig beleuchtet, aber deutlich heller als der kleine Vorraum. Er brauchte einige Augenblicke, um zu verstehen, woran das lag.

Von der Zimmerseite her war die Glastür verspiegelt. Man konnte Bewohnerin 51 vom Vorraum aus beobachten, ohne dass sie es bemerkte.

Ottokar schob die Tür vorsichtig ein Stück auf.

„Wenn du zurückgekommen bist, um mir noch eine Ladung zu verpassen, solltest du lieber Verstärkung dabei haben“, fauchte eine Stimme rechts neben der Tür.

Ottokar zuckte zusammen. „Ich bin kein Pfleger“, flüsterte er.

Aus dem Schatten löste sich eine Gestalt. In der Hand hielt sie einen Besenstiel wie einen Kampfstab.

Ihr Gesicht war grau und von Falten durchzogen. Ihre Augen lagen tief in den Höhlen, und die Haare standen wirr wie ein schlecht gestutzter Friedhofsbusch vom Kopf ab.

Sie war in eine befremdliche Kombination aus einem dunklen Kostümrock mit Pumps und einem hellen Morgenrock gekleidet.

Dennoch erkannte Ottokar sie. „Ministerin Regina Felles“, sagte er und verbeugte sich wie aus einem Reflex heraus.

Sie ließ den Besenstiel sinken.

„Woher wissen Sie von mir?“

Ottokar zuckte mit den Schultern. „Ich habe so dieses und jenes beobachtet.“

Er roch demonstrativ in das Zimmer hinein. „Ist Ihnen hier etwas angebrannt?“

Ohne auf seine Frage einzugehen, hob sie wieder den Besenstiel und machte einen halben Schritt auf ihn zu.

„Was haben Sie heute Abend beobachtet?“

Ottokar war sich nicht sicher, ob er die Frage richtig verstanden hatte, aber es schien ihm eine schlechte Idee zu sein, gar keine Antwort zu geben.

„Ich habe Lärm gehört, Schreie. Und den Pflegetechniker der Nachtschicht habe ich gesehen, wie er mit einem defekten Roboter in den Wartungsraum gegangen ist.“

Ministerin Felles ließ den Besenstiel vollends sinken. „In Ordnung“, sagte sie. „Kommen Sie rein, setzen Sie sich.“

Sie deutete auf einen der beiden wuchtigen Sessel, die um einen kleinen Beistelltisch herumstanden.

„Möchten Sie einen Tee?“

Ottokar war so verblüfft von der Wendung der Dinge und ihrem plötzlichen freundlichen Tonfall, dass er sich tatsächlich hinsetzte.

„Ja, Tee wäre nett“, hörte er sich sagen.

Bewohnerin 51 nickte und verschwand in dem winzigen Raum, der früher der Putzmittel- und Werkzeugraum gewesen war. Er hörte sie mit einem Topf hantieren und Wasser rauschen.

Während sie Wasser kochte und Tassen aus dem Schrank holte, sah Ottokar sich in dem Zimmer um.

„Das“, dachte er, „könnte eine interessante Nacht werden.“

HENRY

Henry hatte alle drei Wartungsklappen am Kopf von DR 1 geöffnet. Das gesamte technische Herz des Roboters lag vor ihm.

Dennoch konnte er den Fehler nicht finden.

Die defekte Platine hatte er schnell ausgemacht und ausgetauscht, so etwas hatte er immer in seinem Ersatzteilschrank.

Doch woran lag es, dass das Auge ausgefallen war?

Zum wiederholten Mal testete er die einzelnen Stromkreise. Er konnte den Fehler auf drei Schaltkreise begrenzen. Einer davon musste eine Fehlfunktion haben. Bei den meisten Medirobotern konnte Henry bei einem solchen Problem zu einem Trick greifen: Er überbrückte den defekten Schaltkreis. Damit war die ursprüngliche Funktion wiederhergestellt – zumindest nach außen hin und so lange keiner einen genaueren Blick darauf warf. Auf diese Art hatte Henry schon viele Roboter wieder zum Funktionieren gebracht – etwa, wenn er sich keine Blöße geben wollte, dass während seiner Schicht etwas kaputtgegangen war, was er nicht in Kürze reparieren konnte.

Der Ruf als technisches Wunderkind will eben hart erarbeitet sein, dachte Henry.

Doch hier scheiterte er. Die Programmierung des DR 1 ließ es nicht zu, Schaltkreise zu überbrücken. Die offizielle Begründung war dieselbe wie bei allen anderen Medirobotern: die Sicherheit. Wer konnte denn ausschließen, dass der überbrückte und damit außer Funktion gesetzte Schaltkreis nicht eine lebensnotwendige Funktion für die Bewohner erfüllte, wie zum Beispiel das Zuteilen einer bestimmten Anzahl von Tabletten?

Als Anfänger hatte Henry einmal einen fatalen Fehler gemacht: Er hatte ebenfalls den Schaltkreis eines Mediroboter-

Auges überbrückt. Im Gegensatz zu DR 1 hatte es funktioniert – allein dadurch wurde das Farbsehen des Auges außer Funktion gesetzt. Henry hatte die Fehlermeldung des wieder hochgefahrenen Mediroboters gelöscht und ihn weiterarbeiten lassen.

Dann jedoch war der Roboter im Zimmer von Bewohnerin 32 über ein heruntergefallenes Brillenetui gestolpert und nach vorne gekippt. Dabei hatten sich einige der Medikamentendöschen aus ihrer magnetischen Verankerung gelöst.

Per Monitor hatte Henry überwacht, dass der Roboter alle wieder korrekt einsammelte.

Er hatte penibel darauf geachtet, dass in jedem Döschen wieder die korrekte Anzahl an Tabletten lag.

Aber er hatte nicht auf die Farbe geachtet. Die Mediroboter unterschieden die Medikamente anhand der Anzahl der Tabletten, ihrer Oberflächenstruktur, ihrer Form und ihrer Farbe. Eine vierfache Versicherung gegen das Verwechseln von Medikamenten.

Eine Sicherung davon hatte Henry mit der Überbrückung ausgeschaltet.

Es gab nur sehr wenige Tabletten, die der Roboter dadurch hätte verwechseln können. Doch er tat es.

Die Folgen waren fatal. Wenige Stunden später erlitt Bewohnerin 32einen Schlaganfall und verstarb einige Monate später..

Henry hatte in der gleichen Minute, als er am Ende seiner Schicht begriff, dass sein überbrückter Schaltkreis für die Verwechslung der Medikamente verantwortlich sein könnte, Mediroboter 3 zu einer angeblichen Routinekontrolle zu sich beordert und mit fliegenden Händen den defekten Schaltkreis ausgetauscht und die Aufzeichnungen zu der Medikamentenverwechslung gelöscht.

Zum Glück hatte er die Reparatur, in der er den Schaltkreis überbrückt hatte, nicht im elektronischen Handbuch vermerkt und ihn auch aus dem Gedächtnis des Mediroboters gelöscht.

Niemand hatte etwas bemerkt. Eine Routinekontrolle des Mediroboters am Ende seiner Schicht gehörte zu seinen Aufgaben. Niemand stellte ihm Fragen. Mediroboter 3 wurde überprüft, der Schlaganfall letzten Endes auf eine „natürliche" Ursache zurückgeführt. Niemand hatte Interesse daran, genauer hinzusehen.

Zum Glück war hatte Bewohnerin 32 bereits einmal einen leichten Schlaganfall erlitten, war also vorbelastet gewesen. Sonst hätte es mehr als eine interne Untersuchung gegeben und dann wäre aufgefallen, dass sie ein für sie schädliches Medikament genommen hatte, das in Kombination mit einer ihrer anderen Tabletten einen Schlaganfall ausgelöst hatte.

Henry schüttelte die Gedanken ab und konzentrierte sich wieder auf seine Arbeit.

Zwei der defekten Schaltkreise konnte er durch andere, die er in seinem Ersatzteilschrank hatte, ersetzen.

Aber den dritten?

Das war eine sehr moderne Platine mit mehreren Verkapselungen, die er nicht kannte. Er würde anhand der Seriennummer herausfinden müssen, wo eine solche Platine überhaupt verwendet wurde.

Henry beschloss, das als ersten Schritt zu tun. Konnte er den dritten Schaltkreis unauffällig reparieren, würde er das tun. Falls nicht, machte es auch keinen Sinn, die ersten beiden Schaltkreise in stundenlanger Kleinarbeit – denn das würde es erfordern – auszutauschen.

Er notierte die Seriennummer und ging hinüber in den Pflegeraum. Routinemäßig warf er einen schnellen Blick auf die einzelnen Monitore. Keine Auffälligkeiten.

Sicherheitshalber sah er noch nach Bewohnerin 51. Sie saß in einem Sessel und trank eine Tasse Tee.

Henry nickt zufrieden, ohne genauer auf den zweiten großen Schatten im Zimmer zu achten, den er für eine Zimmerpalme hielt. Der Elektroschock hatte ihr offensichtlich nicht geschadet.

Trotzdem müsste er auch darüber einen Bericht schreiben.

Er seufzte und rief das Suchprogramm für Ersatzteile auf. Nachdem er die Seriennummer eingetippt hatte, bekam er mit einem Piepton eine Liste mit zwei Ergebnissen präsentiert.

„Bingo!“

Hektisch klickt er das erste Ergebnis an: Die erforderliche Platine war nicht bau- aber funktionsgleich. Ihre Maße und auch die Verdrahtung unterschieden sich. Henry rief mit einem weiteren Klick den zugehörigen Schaltplan auf. Seine Augen flogen über die einzelnen Verbindungen.

Ja, das würde einige Arbeit bedeuten, aber es wäre zu schaffen. Er klickte auf „Ort“, um zu sehen, wo er im „Herbstlaub“ diese Platine finden konnte.

Als er es las, fluchte er in sich hinein:

Hauptrechner Empfang, Sensor Eingangsschranke.

Er schlug mit der flachen Hand auf den Tisch. Das durfte nicht wahr sein!

Aus diesem Rechner unauffällig mitten in der Nacht – oder auch am Tag – eine Platine auszubauen, wäre mit seiner Zugangsberechtigungen unmöglich. Nur zwei Techniker insgesamt besaßen die Administratorberechtigungen für die Sicherheitskontrollen im Eingangsbereich. Diese waren massiv verschärft worden, nachdem zum einen immer wieder Medikamente verschwunden waren, zum anderen einmal ein demenzkranker Bewohner geflohen war, den man später nur noch tot aufgefunden hatte – völlig unterkühlt und dehydriert.

Seitdem wurden alle Tabletten beim Wareneingang leicht radioaktiv markiert und beim Verlassen des Gebäudes durch einen Detektor erfasst, der dann Alarm auslöste.

Mit Einführung dieser Maßnahme waren kaum noch Medikamentendiebstähle vorgekommen.

Die Bewohner durfte man leider aus irgendwelchen ethischen Gründen nicht radioaktiv markieren, aber Henry wusste, dass es Tests gab, die zeigen sollten, wie lange man die Radioaktivität in den Bewohnern noch feststellen konnte, nachdem sie die Tabletten genommen hatten.

Henry klickte sich zurück zur Liste und dann auf die zweite mögliche Platine.

„Bingo!", rief er wieder. Die zweite Variante würde genau passen. Er klickt auf „Ort" und schloss für einen kurzen Augenblick die Augen.

„Ja!" Er nickte erleichtert. Damit hatte er eine Chance.

Die mögliche Rettung für den DR 1 war eine Platine, die zur Zeit im Hauptcomputer des Zentralwarenlagers des Seniorenheims eingebaut war. Dieser Rechner steuerte das gesamte Lager – von Betten über Putzmittel bis hin zu Lebensmitteln und Medikamenten. Er überwachte selbstständig die Auslieferung an die entsprechenden Abteilungen, überprüfte die Bestände, bestellte neu und führte Inventuren durch.

Weil dieser Rechner so wichtig war, gab es für jeden seiner Schaltkreise einen eingebauten Ersatzschaltkreis. Wenn Henry den Schaltkreis dort entnahm, würde es bis zur nächsten Jahreswartung nicht auffallen, dass er fehlte.

Henry rief sich die genauen Schaltpläne auf und überlegte, welches Werkzeug er brauchen würde.

Dann packte er seine Werkzeugtasche und machte sich auf den Weg hinunter ins Zentrallager im Kellergewölbe.

Auf dem Weg zum Aufzug fiel ihm der Name der Bewohnerin 32 wieder ein – der einzige Bewohnername, den er sich je gemerkt hatte, seit er in diesem Job arbeitete.

Ihr Name war Maria Niehus.

BEWOHNER 24

Regina Felles hantierte noch immer mit den Teetassen in der winzigen Küche. Ottokar rutschte unruhig auf seinem Sessel hin und her.

Was, wenn jemand bemerkte, dass er nicht in seinem Zimmer war?

Was, wenn jemand bemerkte, dass er hier war?

Denn dass auch die Ministerin genauso überwacht wurde wie jeder andere Bewohner der Station, daran hatte er keinen Zweifel.

Schließlich hielt er es nicht mehr aus und trat ans Fenster. Draußen war es dunkel, einige wenige Wolken verdeckten einen zunehmenden Mond. Sicher war der Tatort inzwischen vorbei und es ging auf Mitternacht zu.

„Hier, Ihr Tee", sagte Regina Felles hinter ihm.

Er setzte sich wieder hin, und sie deckte zwei Tassen auf dem winzigen Couchtisch zwischen ihnen.

„Sie haben mich also erkannt", stellte sie fest.

Ottokar nickte. „Sie haben sich nur wenig verändert."

Die Ministerin winkte ab. „Danke für das Kompliment, aber die meisten, die mir meine Pillen bringen, wissen nicht, wer ich bin."

Er wurde hellhörig. „Bringt Ihnen denn nicht Paul Ihre Tabletten?"

Sie lachte auf. „Nein, wohl kaum. Den kleinen Roboter kann man zu leicht austricksen. Die wollen ja sichergehen, dass ich die Medikamente auch nehme."

Bevor er nachhaken konnte, knallte sie ihre Teetasse auf die Untertasse und stand auf. „Haben Sie Ihre Tabletten genommen?", begann sie und lief im Zimmer hin und her. „Öffnen Sie den Mund." Sie schlug sich mit der rechten Hand ins Gesicht. „Ja, öffnen Sie den Mund. Da sehe ich doch die Tablette noch!" Sie legte beide Hände um ihren Hals, ihre

Stimme wurde immer schriller. „Schlucken Sie sie, los schlucken Sie sie, sonst hole ich den Pfleger!“ Jetzt kreischte sie und riss an ihren Haaren. Mit den Fingernägeln fuhr sie durch ihr Gesicht, sodass Ottokar selbst im Halbdunkel des Zimmers rote Striemen auf ihren Wangen erkennen konnte.

Er stand auf, um ihre Arme festzuhalten, doch sie schlug nach ihm. „Nein, nicht der Pfleger!“, schrie sie. „Nicht der Pfleger! Ich nehme meine Tabletten. Ich nehme sie ja!“

Sie schlug wieder und wieder die Arme um ihren Körper, bis sie plötzlich am Rand ihres Sessels stolperte und hineinfiel. Sie schlang die Arme um ihre Knie und blieb zusammengerollt liegen. Nur ab und zu gab sie ein leises Wimmern von sich.

Ottokar starrte auf die Ministerin. Die stählerne Lady – ein wimmerndes Wrack! Das klang wie die Titelüberschrift in einem Boulevardblatt.

Promi-Klatsch bei Politikern.

Ottokar hörte das leise Summen der Überwachungskameras, draußen vor dem Seniorenheim klang ab und zu das entfernte Motorrauschen eines Autos herüber, und vor ihm lag eine wimmernde Frau, von der er nicht wusste, ob sie krank oder einfach nur verrückt war.

Vielleicht beides.

Er sah sich im Raum um. Auf dem Bett lag eine zurückgeschlagene Decke. Er holte sie und legte sie der Ministerin über den Körper. Sie schien es gar nicht zu bemerken.

„Danke für den Tee“, flüsterte er und wandte sich zum Gehen.

Da sprach sie plötzlich wieder zu ihm. „Es sind die Medikamente“, flüsterte sie. „Ich bin hier ganz allein. In diesem Zimmer und mit mir selbst. In meinem Kopf. Verstehen Sie?“

Ottokar verstand es nicht, aber er wollte es ihr nicht noch schwerer machen. „Die Medikamente machen Sie einsam?“, fragte er probehalber.

Sie richtete sich halb auf. „Nein. Es ist nicht …“, sie stockte, ihr Blick wurde leer. „Wer sind Sie? Was machen Sie in meinem Zimmer?“

Ottokar starrte sie an. „Sie haben mich zum Tee eingeladen.“

Plötzlich sprang sie vom Sessel hoch. „Wer sind Sie? Was haben Sie hier zu suchen? Ich rufe die Polizei!“

Ottokar wich drei Schritte zurück. Die Ministerin machte Anstalten, wieder nach ihrem Besenstiel zu greifen, doch sie verfing sich in der Decke und stürzte wieder zu Boden. Für einen Moment war Ottokar hin- und hergerissen zwischen dem Wunsch zu helfen und dem Gedanken an Flucht.

„Ich rufe die Polizei!“, kreischte die Ministerin wieder. Ihr Gesicht war verzerrt, sie wirkte wie eine Furie.

Er entschied sich zur Flucht. So schnell er eben auf seinen Nachtpuschen laufen konnte, war er an der Tür. Zum Glück hatte er die halbdurchsichtige Schleusentür offengelassen. Er verließ das Zimmer und zog die Tür fest hinter sich zu.

Hinter ihm flog etwas an die Innenseite der Tür und zerschellte. Es klang wie eine Teetasse.

Ottokar atmete durch – und erstarrte im gleichen Augenblick.

Der technische Pflegeassistent verließ in eben diesem Augenblick den Pflegeraum in Richtung Aufzug. Ottokar erstarrte. Wenn er sich jetzt umdrehen würde, sähe er einen schwitzenden alten Mann, der sein Zimmer verlassen hatte, obwohl das während der Nachtruhe streng verboten war. Sie würden ihm Medikamente verabreichen, die ihn ruhigstellten und ihn ins Bett packen wie ein Kleinkind.

Doch der Pflegeassistent drehte sich nicht um. Er schien es sehr eilig zu haben. In einer Hand hielt er seine Werkzeugtasche, mit der anderen rief er den Aufzug. Ottokar trat zwei Schritte vor, um sehen zu können, was er machte.

In diesem Augenblick drehte sich der Pflegeassistent um und starrte Ottokar an. Bewohner 24 erstarrte. Zeitgleich schlossen sich die Aufzugtüren.

Sekunden verstrichen. Der Aufzug fuhr nach unten, wie

Ottokar an den leuchtenden Pfeilen über der Aufzugtür erkennen konnte.

Er war sicher, dass der Pflegeassistent ihn gesehen hatte. Warum hatte er die Aufzugtür nicht wieder geöffnet? Die Nachtwache war seine Pflicht.

Ottokars Neugierde siegte über seine Angst.

Für die Bewohner gab es die Möglichkeit, auf einer Tafel nachzusehen, wo sich das Pflegepersonal befand. Damit sie Hilfe holen konnten, wenn sie welche benötigten. Zwar konnte man nicht erkennen, wo jemand sich aufhielt, aber im Nachtdienst war ohnehin nicht viel los.

Ottokar fasste einen Entschluss.

Er ging zum Pflegezimmer und sah davor auf die digitale DIN-A3-Tafel, die wie eine Straßenkarte aufgebaut war.

In den Etagen eins und drei befand sich je ein Pfleger der Nachtschicht auf den Stationen. Sie waren als rote Punkte gekennzeichnet.

Zwei weitere rote Punkte leuchteten am Eingang. Das waren die Wachleute des Nachtdienstes, das wusste Ottokar.

Dann gab es nur noch einen weiteren roten Punkt: Im Zentrallager im Keller musste sich jemand befinden.

Was machte der Pflegedienstassistent dort?

Hatte es etwas mit dem Ausfall von Paul zu tun?

Oder mit dem Vorfall im Zimmer von Ministerin Regina Felles?

Ottokar entschied sich zum zweiten Mal in dieser Nacht, seiner Neugierde nachzugeben. Das waren bei Weitem die spannendsten Stunden in diesem Laden seit Langem.

Doch zuvor würde er sich noch seine orthopädischen Schuhe anziehen und seinen Gehstock holen, bevor er versuchte, herauszufinden, was der Pflegeassistent Henry mitten in der Nacht im Zentrallager trieb.

HENRY

Als sich die Aufzugtüren schlossen, war Henrys erster Impuls, auf den Öffnungsknopf zu drücken, um den Bewohner vom Flur der Station wieder in sein Zimmer zu verfrachten.

Was war denn heute Nacht nur los? Hatte eine der Aushilfen den Leuten was ins Essen getan oder war schon wieder Vollmond?

Nicht, dass die Bewohner dann anfingen, den Mond anzuheulen, aber sie verhielten sich in klaren Vollmondnächten eindeutig irgendwie – anders. Zum Glück kamen diese dank der Luftverschmutzung nicht mehr allzu oft vor.

Henry überlegte: Was konnte schlimmstenfalls passieren, wenn der Bewohner auf dem Flur herumlief? Er konnte stolpern und sich verletzen. Das war nicht weiter schlimm, dafür gab es den Pflegedienst.

Hatte der Bewohner überhaupt mitbekommen, dass er mit DR 1 im Aufzug war?

Er entschied sich, nicht umzukehren. Es würde ihn zu viel Zeit kosten, die er nicht hatte. Er hoffte, dass der Bewohner entweder wieder in sein Zimmer ging oder irgendwo in der Besucherecke einschlief. Lieber schrieb er noch einen Bericht für ein weiteres unangepasstes Verhalten eines Bewohners, als die Reparatur des DR 1 noch weiter hinauszuzögern.

Selbst wenn der Bewohner ihn bemerkt haben sollte – es war nichts Ungewöhnliches daran, dass ein Pflegetechniker in der Nachtschicht bei einer komplizierteren Reparatur hinunter ins Lager fuhr, um dort im Zentrallager ein Ersatzteil zu holen. Das Verlassen der Station konnte er damit auf jeden Fall begründen.

Wenn es denn auffallen sollte.

Protokolliert hatte er es sicherheitshalber nur im temporären Speicher des Stationscomputers, der die An- und Abwesenheiten registrierte.

Henry verschob das Problem auf später. Die Aufzugtüren öffneten sich, und er war im Kellergeschoss angelangt. Hier war der Eingang zum Zentrallager.

Für jemanden, der sich mit der Technik eines modernen Pflegeheimlagers nicht auskannte, war es beängstigend. Die Pflege- und Betreuungskräfte kamen nur hierher, wenn sie mussten, und nur in Notfällen in der Nachtschicht.

Vor Henry öffnete sich eine riesige, fensterlose Lagerhalle, die die Ausmaße eines Parkhauses hatte. Tatsächlich war das Zentrallager in der Fläche genauso groß, wie das gesamte Gebäude des Seniorenheims und außerdem zwei Etagen tief.

Wie CDs in einem Regal waren Reihe für Reihe Hochregale senkrecht in an der Decke angebrachte Führungsschienen eingeschoben. Geisterhaft bewegten sich mit leisem Summen die Lagerroboter zwischen den Regalen. Es waren sehr bewegliche Greifarme, die von mehr als einem Dutzend empfindlicher Servomotoren gesteuert wurden. Sie arbeiteten je nach Anforderung einzeln oder paarweise.

An jedem eingelagerten Teil befand sich ein Barcode, den sie mithilfe eines Scanners auslesen und so genau dokumentieren konnten, wo im Lager etwas eingeordnet oder herausgenommen werden musste. Diese Informationen gaben sie an den Zentralcomputer weiter, der sich hüfthoch vor Henry erhob und die einzige Barriere zwischen ihm und dem Lager bildete.

Auf dem grauen Kasten mit den wenigen blinkenden LEDs stand ein Touchscreen, so groß wie eine Heimkino-Leinwand. Hier konnte das hierzu berechtigte Personal seine Identifikationskarte auslesen lassen und Bestellungen tätigen oder Gegenstände anfordern.

Für Dinge, die häufig transportiert werden mussten, wie Lebensmittel und Hygieneartikel, gab es ein Rohrpostsystem im Haus, das einen Ausgang in der Küche und jeweils einen auf jeder Pflegestation hatte. Hier konnten Dinge angefordert werden, die durch den Schacht von einem Meter Durchmesser passten. Sie wurden ebenfalls von ein bis zwei Greifarmen je Schacht transportiert.

Henry lauschte dem schwachen Summen der Greifarme, die sich wie mechanische Geister zwischen den Regalen hin- und her bewegten. Zu ihrer geisterhaften Erscheinung trugen ihre gelbe Seitenbeleuchtung und ihr rotes Scannerauge maßgeblich bei.

Außerdem waren sie mit einem Wärmesensor ausgestattet, um zu verhindern, dass Lageristen, die sich aus Reparatur- oder Wartungsgründen im Lager aufhielten, verletzt wurden. Denn nicht nur die Greifarme glitten mit Geschwindigkeiten von bis zu 30 km/h durch das Lager. Auch die einzeln aufgehängten Regale konnten auf ihren Führungsschienen fächerartig gegeneinander bewegt werden. Geriet ein Mensch dazwischen, würde er nur mit sehr viel Glück überleben.

Henry hielt seine Personalkarte vor den Scanner des Hauptrechners.

„Identifiziert. Pflegetechniker Henry Taylor. Berechtigungsklasse II."

Henry berührte in rascher Reihenfolge die einzelnen Menüpunkte, bis er zum gewünschten kam.

„Pflegeroboter Ersatzteile"

Henry wählte zwei Servomotoren, einen Kabelstrang, eine Hauptplatine und zwei Steuerungschips aus.

Damit war er registriert, konnte seinen Aufenthalt begründen und auch die Reparatur des DR 1 rechtfertigen. Er würde es später oben am Anwesenheitsportal so einstellen, dass er zu diesem Zeitpunkt hier unten gewesen und gleich danach zurückgekehrt war. Das konnte er rückwirkend erledigen, nachdem er den benötigten Schaltkreis aus dem Hauptrechner ausgebaut hatte. Damit würde auch die Anzeige an der Pfleger-Anwesenheitskarte für die Bewohner rückwirkend zurückgesetzt werden.

Der Zentralcomputer bestätigte Henrys Auswahl mit einem Piepsen und einer grünen Leuchte.

Dann begann es im Lager zu rattern, als würden sich nacheinander mehrere mechanische Sperren lösen. Ein Klicken, dann ein Rauschen, als sich das erste Regal in die Tiefen des Lagers bewegte. Henry zuckte zusammen, obwohl er dieses Schauspiel schon oft gesehen hatte: Zwar auf festgelegten Bahnen, aber durch diese Bewegung machten sie die „Straßen" für die Greifarme frei, sodass diese schneller ans Ziel kamen. Nur auf diese Art war es möglich, dass sich die Greifarme auch quer bewegen konnten und nicht nur längs der Reihen.

„Geschätzte Lieferdauer: 3 Minuten, 20 Sekunden", meldete der Zentralcomputer.

Das war verhältnismäßig lange, aber nicht weiter verwunderlich. Ersatzteile für die Pflegeroboter gehörten zur Kategorie 4 des Lagerbestands: „Gelegentlich und nicht regelmäßig benötigt" und lagerten daher im zweiten Kellergeschoss.

In Kategorie 1 lagerte alles, was täglich benötig und mindestens wöchentlich angeliefert wurde: Hygieneartikel, Medikamente, Lebensmittel. In Kategorie 2 lagerten regelmäßig, aber nicht täglich gebrauchte Güter: Betten, Bettwäsche, Putzmittel, Notfallmedikamente. Kategorie 3 beinhaltete unregelmäßige Artikel für die Bewohner wie Zimmerausstattung und Kategorie 4 war eben das, was die Pflegetechniker benötigten.

Ein Roboter, dachte Henry, würde eben nicht sterben, wenn er drei Minuten und zwanzig Sekunden auf sein Ersatzteil warten musste.

Das Summen der Greifarme und das Krachen der Regale in ihren Führungsschienen verlagerte sich nach weiter hinten und unten.

Henry wusste, dass es mittig, rechts und links hinten in der ersten Etage des Lagers große Öffnungen von drei mal drei Meter Größe gab, die den Lagerrobotern ermöglichten, auch große Möbelstücke wie Betten aus der unteren Etage in die obere hinaufzuholen.

Henry hatte als Jugendlicher einmal ein Praktikum in so einem modernen Lager absolviert. Damals wie heute hatte ihn die Technik fasziniert. Doch dann hatte er bei einer Inventur helfen müssen.

Obwohl die Lager theoretisch voll automatisch liefen, Bestände selbstständig erfassten und Bestellungen auslösten sowie Bedarf ermitteln konnten, gab es immer wieder Dinge, die unerklärlicherweise verschwanden.

Das Problem, das hatte Henry bereits damals erkannt, war einfach zu erklären. Für den Zentralcomputer existierte alles, was einen Barcode hatte. War dieser unleserlich oder beschädigt, wurde das Objekt per Sensor abgetastet, seine Maße ermittelt und zu einem „Ausschussschacht" transportiert, wo sich Dinge ansammelten, die der Zentralcomputer nicht zuordnen konnte.

Dann gab es noch eine weitere Sache: Der Zentralcomputer erfasste den Lagerbestand anhand des Lagerplatzes. Wurde also etwas aufgrund eines falschen oder schlecht lesbaren Barcodes an einem falschen Lagerplatz einsortiert, war es weg – zumindest für das System.

Deswegen war auch im „Herbstlaub" eine jährliche, manuelle Inventur notwendig.

Als Henry als Praktikant bei einer solchen mitgeholfen hatte, musste er sich zwischen den hohen Regalen bewegen. Er kletterte an den seitlich angebrachten Leitern hoch und kontrollierte mit einem Handscanner jeden einzelnen Lagerplatz.

Im „Herbstlaub" gab es bei jeder Inventur rund fünfhundert fehlgeleitete oder falsch einsortierte Dinge.

Bei der damaligen Inventur hatte Henry auf einem mittleren Lagerplatz in einem Hochregal gestanden. Plötzlich hatte sich die Verankerung des Regals an die Führungsschiene gelöst. Das ganze Regal war ruckartig zur Seite geschwenkt. Henry hatte das Gleichgewicht verloren und sich im letzten Moment an einer Querstrebe festklammern können. Als das Regal mit der üblichen effektiven Geschwindigkeit auf das nächste getroffen war, um sich neu zu verankern, schaffte Henry es nicht mehr rechtzeitig, seinen Fuß aus dem Zwischenraum zu ziehen.

Er wurde eingeklemmt.

Er konnte sich nur noch an ein gleißendes Licht und einen übermächtigen Schmerz erinnern.

Die anderen hatten ihm später berichtet, dass er geschrien hatte. Sie hatten einen Lagerroboter hingeschickt, um ihn zu lokalisieren. Auch damals waren sie schon mit Wärmesensoren ausgestattet gewesen.

Henry erinnerte sich an das rot glühende Licht des Scanners, das über ihn hinwegglitt. Dann war er in Schwärze versunken.

Später hatte sich herausgestellt, dass es der Fehler eines Lagertechnikers gewesen war. Er hatte Henry als Praktikanten nicht im System erfasst, deshalb konnte der Zentralcomputer nicht nach ihm suchen. Er war davon ausgegangen, dass der Abschnitt, in dem ein Regal verschoben werden sollte, menschenleer gewesen war.

Henry hatte eine Entschädigung bekommen, die mehr einem Schweigegeld glich. Die besten Ärzte hatten seinen gequetschten Fuß wiederhergestellt. Nur die Narben erinnerten heute noch an dieses Ereignis, dass dazu geführt hatte, dass Henry niemals Lagertechniker werden wollte – er wollte menschenähnliche Roboter erschaffen, die tatsächlich so intelligent waren, dass sie die fehlerhaften Hominiden ersetzen konnten.

„Ihre Ersatzteile sind da“, meldete der Zentralcomputer.

Ein Greifarm, etwa zwei Meter entfernt, warf die kleinen Pakete in einen Schacht, der dicht hinter Henry in der Wand endete. Er hörte es klappern, und im Ausgabefach lagen seine bestellten Ersatzteile.

Henry überprüfte die Spezifikationen, dann bestätigte er dem Computer die korrekte Lieferung.

„Und jetzt“, dachte er mit Blick auf den Zentralrechner, „geht es dir an den Kragen.“

KIARA

Kiara Milasky stand in einem Gebüsch unmittelbar vor dem Zaun, der das Gelände des Seniorenheims „Herbstlaub" umgab.

„Biggs, fertig?", zischte sie nach hinten.

Eine komplett in Schwarz gekleidete Frau mit der Figur einer Nana-Skulptur von Niki de Saint Phalle trat neben Kiara und hielt einen Bolzenschneider hoch. „Fertig."

Kiara nickte. „Dann leg los."

Es war nicht so, als hätte sie es nicht selbst machen können. Doch ihre Gruppe war so klein, dass sie, um die Moral zu stärken jeder eine Aufgabe nach ihren Fähigkeiten zuteilen musste.

Biggs hatte ihre soeben erledigt. Ein annähernd quadratisches Stück Stahlzaun fiel rasselnd zu Boden.

„Geht's vielleicht noch lauter?", fauchte eine Stimme aus dem Gebüsch.

Kiara hob die Hand, um Kathi zum Schweigen zu bringen. „Das klären wir später. Los jetzt."

Kiara bewegte sich als Erste durch das Loch im Zaun. Sie waren insgesamt zu fünft. Jede von ihnen war vollständig in eng anliegende schwarze Kleidung gehüllt und trug schwarze Handschuhe.

Alle fünf rannten geduckt in Schlangenlinien auf das Gebäude des Seniorenheims zu. Wie sie es geübt hatten, wichen sie dabei den schwenkenden Sicherheitskameras aus.

An der Hinterseite des Gebäudes direkt neben der Lkw-Zufahrt angekommen drückten sie sich in den toten Winkel, den Kiara schon vor Wochen ausgekundschaftet hatte. Dazu hatte sie immer wieder Kinder angestiftet, sich auf das Gelände zu schleichen und dort zu spielen, bis sie von den Kameras entdeckt wurden. Mit einer hochempfindlichen Kamera hatte sie dabei auch die schwarzen Halbkugelkameras gefilmt und anhand der Reflexion auf der Linse die Größe und den Winkel der möglichen Überwachung berechnet.

Womit man sich nicht alles beschäftigen kann, wenn man arbeitslos ist, dachte sie.

„Wo gehen wir rein?“, fragte Kathi und holte Kiara damit aus ihren Gedanken.

„Durch die Warenannahme des Zentrallagers. Da ist um diese Zeit niemand. Durch den Schacht kommen wir ungesehen hinein.“

Sie sah die vier anderen Frauen ein letztes Mal an, dann gab sie das Signal, die Skimasken aufzusetzen.

In den Augen der anderen war Angst und Unsicherheit, aber auch Wut und Entschlossenheit zu lesen. Alle fünf wussten, dass sie vermutlich nie wieder Arbeit finden würde, wenn man sie hierbei ertappen würde.

Kiara gab das Zeichen und Kathi löste mit einem Ringschlüssel die Sechskantschrauben der Wartungsluke des Wareneingangs. Die große Klappe für die Zulieferung konnten sie nicht öffnen, sie war zum einen von innen alarmgesichert, zum anderen war sie für die Frauen zu schwer, sie würden sie ohne die Hilfe der Hydraulik nicht anheben können, was wiederum Alarm auslösen wurde.

Der Wartungsschacht war nicht alarmgesichert. Hier hatte „Herbstlaub“ gespart. Wahrscheinlich, damit sie mehr Geld in die Pflegerobotertechnologie stecken konnten, dachte Kiara.

Als Kathi die letzte Schraube gelöst hatte, steckte sie alle in eine durchsichtige Tüte, verschloss diese sorgfältig und verstaute sie zusammen mit dem Ringschlüssel in ihrer Tasche. Sie hatten vor, diesen Wartungsschacht auch als Ausgang zu benutzen, aber man konnte nie wissen. Dass die Schrauben fehlten, würde erst Tage später auffallen.

Außer den Robotern wurde im „Herbstlaub“ nicht gerade viel Wert auf Instandhaltung gelegt.

Die Frauen hoben zu viert den Deckel der Wartungsklappe ab und legten ihn langsam neben die Öffnung auf den Boden.

Darunter befand sich ein gähnendes, dunkles, quadratisches Loch, das etwa fünf Meter in die Tiefe reichte. An der einen Wand waren Stahlsprossen befestigt.

Kiara nickte den anderen zu.

„Ich gehe als Erste. Wenn ich unten bin, blinke ich dreimal mit der Taschenlampe. Benutzt euer Licht nur, wenn es unbedingt notwendig ist. Rieke, kümmere du dich um die Sicherung."

Eine drahtige, beinahe einen Meter achtzig große Frau löste sich aus der Gruppe. Während Kiara als Erste in den Schacht hinunter kletterte, ließ Rieke ihren Rucksack vom Rücken gleiten und entnahm ihm mit routinierten Handgriffen eine Kletterausrüstung. Während Biggs und Kathi sich auf den Abstieg vorbereiteten, befestigte Rieke zwei Seile mit Karabinerhaken am Rahmen der Wartungsklappe. Sie sah nochmals die Ausrüstung durch und prüfte alles mehrfach.

Eine Hand legte sich auf ihre Schulter. „Es wird schon gut gehen."

Rieke ergriff Maikes Hand. „Danke", flüsterte sie und sah zu ihrer Freundin auf. Sie hatte ihre Skimaske hochgerollt und einige hellblonde Locken guckten darunter hervor.

„Wir sind dran," sagte Maike und wies auf den Schacht. Rieke nickte und packte den zweiten Teil ihrer Kletterausrüstung, der für eine schnelle Flucht gedacht war, wieder zusammen. Einem plötzlichen Impuls folgend zog sich Rieke ihre Skimaske vom Kopf und gab Maike einen Kuss.

„Jetzt geht es mir besser." Sie gab Maike einen übermütigen Stoß gegen den Oberarm. „Los, runter da mit dir."

Maike grinste, zog die Skimaske wieder herunter und machte sich an den Abstieg.

Kiara hatte die mittlere Ebene des Wartungsschachts erreicht. Von hier aus gelangte sie durch einen waagerechten Gang auf die obere Ebene des Zentrallagers. Sie würden irgendwo mittig herauskommen, unweit des Zentralcomputers. Als sie sich rückwärts in den Querschacht schob, gab sie nach oben das vereinbarte Lichtsignal.

Es war ein Risiko, mit den Füßen zuerst in das Zentrallager einzudringen, doch wenn sie mit dem Kopf voranging und feststellte, dass es zu hoch war, dann musste sie rückwärts auf die Leiter zurück und hätte damit ein größeres Problem. Also klinkte sie ein Kletterseil, das sie sich von Rieke geliehen hatte, in die Wartungsleiter ein und ließ sich auf der anderen Seite des Querschachts Stück für Stück hinunter.

Zum Glück war ihre Sorge unbegründet gewesen: Schon als sie mit dem Bauch über dem Rand des Schachts hing, spürten sie Boden unter ihren ausgestreckten Zehen.

Erleichtert rutschte sie ganz aus dem Schacht heraus und half dann den anderen in das Lager hinein.

Biggs keuchte so laut, dass Kiara Angst hatte, sie würde im Querschacht steckenbleiben.

Sie waren etwa dort angekommen, wo Kiara vermutet hatte: in der oberen Etage des Zentrallagers. In diesem Teil des „Herbstlaub"s war sie in ihrer Zeit als Pflegerin nie gewesen Gegenüber der Schachtöffnung befanden sich mehrere parallel zueinander aufgehängte Regalwände. Nach links hinunter ging es zum Ende der Lagerebene, nach recht öffneten die Regalwände einen schmalen Gang zum Zentralcomputer des Lagers.

Kaum war Maike aus dem Schacht herausgesprungen, ertönte plötzlich ein mechanisches Klacken. Dann setzten sich die Regalwände vor ihnen in Bewegung.

Bevor Biggs aufschreien konnte, presste Kathi ihr eine Hand auf den Mund. „Wehe, du gibst auch nur einen Laut von dir!", zischte sie.

Biggs versuchte zu nicken, doch in Kathis Griff konnte sie sich nicht bewegen.

„Was ist hier los?", flüsterte Maike. Kiara gab ihr ein Zeichen zu schweigen. Es bewegten sich weiter entfernt noch mehr Regalwände. Die Lagerroboter glitten auf ihren Schienen wie

Geister in einem Spukhaus hin und her.

Plötzlich vernahm Kiara eine Stimme.

„Im Lager ist jemand“, zischte sie.

BEWOHNER 24

Ottokar überlegte, ob diese die interessanteste Nacht seines Lebens werden könnte.

Sie kommt auf jeden Fall in die Top Ten, dachte er.

Als er um die Ecke in das Zentrallager bog, sah er Pflegetechniker Henry vor der Wartungsklappe des Zentralrechners knien. Er hantierte mit einem kleinen Schraubenzieher und einer Feinmechanikerzange im Inneren des Rechners herum.

Ottokar überlegte. Warum sollte der Techniker mitten in der Nacht den Zentralrechner reparieren? War ein Notfall eingetreten? Eher nicht, das hätte Ottokar mitbekommen. Er selbst war selbst erst einmal hier unten gewesen, während der Führung für neue Bewohner, als er ins „Herbstlaub" gezogen war. Damals hatte ihn das Lager einerseits beeindruckt, andererseits fand er den Gedanken unheimlich, wie weit die Lagerung von Dingen, von denen das Leben der Bewohner abhing, in die Verantwortung von Robotern gelegt wurde.

Ottokar schien es, als ob Pflegetechniker Henry nicht wollte, dass ihn jemand hier sah. Deswegen hatte er auch nicht reagiert, als er Ottokar kurz vor dem Schließen der Aufzugtüren im Flur entdeckt hatte. Er beschloss, das zu testen und sah sich in dem dunklen Gang zum Lager um. Irgendetwas müsste doch hier zu finden sein, was er nutzen konnte. Schließlich kratzte er mit dem Fingernagel einige kleine Steinchen aus einer staubigen Ecke, die die Reinigungsroboter mit ihren abgerundeten Bürsten oft nicht gut erreichten.

Dann ging er zurück zum Lagerraum. Er hörte Henry leise vor sich hin fluchen.

Ottokar atmete ein, nahm drei kleine Steinchen und warf sie in den Raum hinein.

Sie klickerten leise auf dem Boden, doch die Wirkung auf Henry war überwältigend: Er zuckte zusammen, ließ den

Schraubenzieher fallen, und bei dem Versuch, zu orten, woher das Geräusch gekommen war, stieß er sich heftig den Kopf am Gehäuserahmen des Zentralrechners.

Ottokar unterdrückte nur mit Mühe ein Kichern. Damit wäre Theorie Nummer zwei bewiesen – Pflegetechniker Henry wollte bei dem, was er tat, nicht entdeckt werden.

Henry rieb sich den Kopf und sah sich um. Für einen Augenblick schien es, als wollte er aufstehen und im Gang nachsehen, doch dann wandte er sich wieder seiner Arbeit im Inneren des Rechners zu. Ottokar bemerkte, dass seine Finger sich jetzt schneller bewegten.

Er hatte ihn nervös gemacht.

Ottokar sah auf die verbliebenen Steine in seiner Hand. Bevor er es sich noch lange überlegen konnte, warf er auch diese … und hörte, wie Henry sich ein zweites Mal den Kopf anschlug.

Dieses Mal musste Ottokar tatsächlich leise lachen. So viel Spaß hatte er schon lange nicht mehr gehabt.

„Wer ist da?“, rief Henry. Seine Stimme hallte im Lager wider.

Ottokar zog sich in den Schatten des Gangs zurück.

Plötzlich hörte er eine weibliche Stimme. „Wir wurden entdeckt!“

„Jetzt! Jetzt!“, rief eine andere Stimme.

Ottokar sah um die Ecke in das Lager hinein. Zwischen den Regalen sprangen vier schwarz gekleidete Gestalten hervor. Eine fünfte, deutlich beleibtere Person folgte wenige Sekunden später.

Offenbar handelte es sich in den eng anliegenden schwarzen Kleidern um Frauen – Ottokar konnte nicht anders, als hinzusehen.

Die ersten beiden Frauen hatten Henry erreicht und packten ihn jeweils an einem Arm. Dadurch wurde der Pflegetechniker zu Boden gerissen.

„Kabel!“, brüllte einer der Frauen.

„Geht's noch lauter?“, zischte eine andere.

Henry begann, sich zu wehren.

„Verdammt, wer von euch hat das Kabel?“

„Maike.“ Die dicke Frau wies auf eine dünne, schlanke.

„Keine Namen, Biggs!“, fauchte eine der beiden Frauen, die Henry festhielten.

„Aber du hast doch gerade auch…“

In diesem Augenblick gelang es Henry, einen Arm freizubekommen. Er schlug einer der Frauen mit einer ungelenken Bewegung seine Hand ins Gesicht. Er traf sie unterhalb des Auges. Dieses Abwehren reichte, ihn loszulassen. Doch bevor Henry sich noch der anderen Frau zuwenden konnte, rief eine weitere: „Ich habe das Kabel“, und eine andere schlug ihn mit einer Art Baseballschläger gegen die Schläfe.

Henry schrie auf und versuchte, sich aufzurichten, doch seine Benommenheit reichte aus, dass ihm zwei der Frauen die Hände auf den Rücken fesseln konnten.

„Gute Arbeit, Mädels, das lief ja wirklich genau nach Plan“, fauchte die Mittelgroße.

„Immerhin haben wir ihn“, wandte die ein, die Ottokar insgeheim „die Kleine“ nannte. Sie war höchstens so groß wie ein Viertklässler.

Die Mittelgroße fuhr zu ihr herum. „Und was machen wir jetzt mit ihm? Er hat uns gesehen. Er wird Alarm schlagen, sobald wir ihn gehen lassen.“

Sie fluchte laut.

„Wir haben doch die Skimasken auf. Der kann uns nicht erkennen“, sagte die Dicke.

„Diskutiert ihr das jetzt ernsthaft hier aus?“, sagte die knabenhafte Große.

Die Mittelgroße winkte ab. „Nein, das heben wir uns dann für die Nacht in der Untersuchungshaft aus. Wir können ihn nicht hierlassen. und ich möchte nicht, dass wir uns trennen, um ihn zu bewachen. Das Risiko ist mir zu groß. Wir fahren auf die Station und nehmen ihn mit.“

Ottokar beobachtete, wie zwei der Frauen Henry hochzogen.

Doch statt um Hilfe zu schreien, bat der Pflegetechniker lediglich: „Der Roboter. Er muss mit."

Die Mittelgroße sah sich nach DR 1 um, der mit noch immer geöffneter Wartungsklappe zwischen Henrys Werkzeugkoffer und dem Zentralrechner stand.

„Was hast du denn hier versucht?", fragte sie.

Henry gab keine Antwort.

Die Mittelgroße packte seine Haare im Nacken und riss seinen Kopf nach hinten.

„WAS hast du hier gemacht?"

Henry stöhnte. „Ich wollte ihn reparieren. Deswegen habe ich hier im Lager Ersatzteile geholt."

Die Mittelgroße sah ihn einige Augenblicke lang an, dann ließ sie ihn los. Henrys Kopf sackte nach vorn, als der Zug im Nacken plötzlich nachließ. Mit einem Mal bekam Ottokar Mitleid mit ihm. Doch was sollte er tun? Er war allein. Alarm schlagen konnte er erst auf der Station. Hier unten gab es nur den Feueralarmknopf, und wenn er den betätigte, würden sie Henry als Geisel mitnehmen, um zum Ausgang zu gelangen.

Sein Armband löste nur Alarm aus, wenn seine Vitalfunktionen gestört waren.

„Packt den ganzen Kram dort ein", die Mittelgroße wies auf den Werkzeugkasten und die Ersatzteile, „wir nehmen ihn mit. Wenn noch jemand hier herunterkommt und die Werkzeuge und den Roboter findet, könnte er Verdacht schöpfen."

Ottokar wurde mit einem Mal klar, dass sie an ihm vorbei mussten, wenn sie auf eine der Stationen wollten.

So rasch er konnte, machte er sich auf den Weg zum Aufzug. Zum Glück hatte ihn niemand mehr gerufen, seit er hier angekommen war, und die Türen glitten sofort auf.

„Da ist jemand!", rief eine der Frauen.

Ottokar drückte immer wieder auf den Knopf für die Station, damit sich die Türen schlossen. Er wagte nicht, noch einen Blick um die Ecke aus dem Aufzug heraus zu werfen. Er hörte nur die Frauen, wie sie näherkamen.

Sie rannten.

„Stoppt den Aufzug!", hörte er noch, bevor sich die Türen schlossen. Für einen Herzschlag lang hielt Ottokar die Luft an – doch die Türen öffneten sich nicht wieder, und der Aufzug setzte sich mit einem Summen in Bewegung.

Er stützte sich auf seinen Gehstock. Seine Hände zitterten. Er spürte, wie Schweiß seinen Rücken hinunterrann.

Ich bin zu alt für nächtliche Überfälle, dachte er.

Oben angekommen wartete er darauf, dass die Aufzugtüren sich öffneten. Doch stattdessen setzte sich der Aufzug erneut in Bewegung.

Zurück nach unten.

HENRY

Henry sah die stämmige Frau, die sportliche und die mittelgroße mit dem stechenden Blick wieder vom Aufzug zurückkommen.

„Wir konnten den Aufzug stoppen. Ich habe den Notfallcode verwendet. Zum Glück haben die den nie geändert. Er sitzt dort für den Moment fest."

In Henrys Hirn rastete bei dieser Information etwas ein, doch er konnte es nicht greifen. Stattdessen sah er die Frauen an.

Alle Blicke richteten sich auf die Mittelgroße, sie schien die Anführerin zu sein. Trotz der Maske konnte Henry ihre angespannte Haltung erkennen. Unter der eng anliegenden Skimaske erkannte er, wie sie die Kiefer fest aufeinanderpresste. Ihr Oberkörper war leicht vorgebeugt, ihre Beine wie zum Sprung bereit.

„Jemand hat uns gesehen. Da die Person aber geflohen ist, vermute ich, dass es ein Bewohner war. Jemand vom Pflegepersonal hätte sofort Alarm geschlagen."

Die Große nickte.

Die andere Sportliche, deren blonde Locken vereinzelt unter ihrer Maske hervorlugten, sagte: „Wir sind schon zu weit gegangen. Wir sollten es jetzt durchziehen."

Die Dicke nickte. Dann wies sie auf Henry. „Was machen wir mit ihm?"

Sie stieß ihn mit dem Fuß an. „Er hat bisher auch nicht versucht, Alarm auszulösen."

Die Anführerin trat auf Henry zu. „Gerade das wundert mich ja."

Unter ihrem Blick wurde es Henry es heiß, und er schaute zur Seite. Von fünf Frauen in eng anliegenden schwarzen Sachen mit Masken über dem Gesicht gefangen gehalten zu werden war zumindest – na ja, nicht so ganz unerotisch. Er konnte nicht umhin, wieder hinzusehen, dort, wo sich die weiblichen Formen eindeutig abzeichneten.

Dann gewann seine Angst vor Entdeckung wieder die Oberhand. Er konnte auf keinen Fall Alarm auslösen. Denn wenn man die fünf Frauen festgenommen hatte, würde es eine Untersuchung geben, und man würde nachfragen, was Henry hier unten gemacht hatte, warum er den Zentralrechner geöffnet und dort eine Platine ausgebaut hatte.

Er tastete nach seiner Hosentasche. Sie war noch da. Sicher verstaut.

Am Ende käme eine solche Untersuchung noch zu dem Schluss, dass er den Zentralrechner manipuliert hatte, um den Frauen Einlass zu gewähren.

Er fragte sich, von welcher Organisation sie waren. Es gab immer wieder Proteste von verschiedenen Seiten gegen die Pflegereform, die einen weitreichenden Einsatz von Pflegerobotern ermöglicht hatte.

Vielleicht von der RUPF? Die Roboter und Pflege Foundation kämpfte für ein Nebeneinander von Pflegerobotern und Altenpflegern, ohne dass die einen die anderen ersetzen sollten.

Vor zwei Jahren hatte eine radikale Abspaltung der RUPF – RUPF RAUS – versucht, in das „Herbstlaub“ einzudringen. Ziel war die Zerstörung der Pflegeroboter, die sich zu diesem Zeitpunkt an der Ladestation befanden, in dem man den Stromkreis überlastete, und die Roboter so durch eine massive Überspannung außer Gefecht setzte.

Sie waren damals am Sicherheitsdienst gescheitert. Sie hatten zwar die Linsen der Sicherheitskameras mit Farbe besprüht, doch glücklicherweise hatte die Sicherheitsfirma wenige Tage zuvor zwei neue Kameras installiert, die noch nicht im Sicherheitsplan verzeichnet gewesen waren – er hatte noch nicht alle erforderlichen Gremien durchlaufen, und die Kameras waren in einer rechtlichen Grauzone angebracht worden.

Doch in diesem Fall konnte nicht mal der Förderverein von „Herbstlaub“, der ansonsten immer sehr streng auf irgendwelchen Datenschutzrichtlinien beharrte, etwas sagen. So lobten sie zähneknirschend die große Vorausschau des Sicherheitsdienstes.

War das hier ein neuer Versuch der RUPF RAUS, ihr Ziel doch noch zu erreichen? Hatten sie die neuen Sicherheitspläne gestohlen?

Aber die Roboter wurden inzwischen nicht mehr an einer zentralen Station aufgeladen. Das war eine Folge des Überfalls gewesen. Inzwischen gab es in jeder Etage eine Ladestation, die nie von mehr als zwei Robotern gleichzeitig verwendet wurde, um das Risiko eines Verlustes durch Überspannung zu minimieren.

Zudem liefen die Stromkreise der Ladestationen getrennt voneinander über unterschiedliche Hauptsicherungen.

Das hier musste etwas anderes sein. Die Frauen wirkten zwar sehr entschlossen, aber nicht brutal. Henry fragte sich, ob sie so etwas schon mal gemacht hatten. Eine Geisel war in ihrem Plan sehr wahrscheinlich nicht vorgekommen.

Er überlegte, wie er das ausnutzen konnte.

„Ich kümmere mich um unseren heimlichen Beobachter im Aufzug“, sagte die Mittelgroße.

KIARA

Kiara sah auf den alten Mann hinter den Aufzugtüren, der aussah, als stünde er kurz vor einem Schock. Sie lächelte ihn beruhigend an, bis ihr einfiel, dass er das unter ihrer Skimaske nicht erkennen konnte.

„Wir werden Ihnen nichts tun", sagte sie.

Der alte Mann nickte, doch seine weit aufgerissenen Augen ließen Kiara zweifeln, ob er den Sinn ihrer Worte begriffen hatte.

„Was machen wir jetzt?", fragte Biggs hinter ihr.

„Wir gehen weiter nach Plan vor." Sie drehte sich zu Rieke und Kathi um.

„Ihr bleibt hier und passt auf den da auf." Sie wies auf Henry. „Falls er versucht, uns zu verraten, setzt ihn außer Gefecht."

„Was machst du?", fragte Kathi.

„Ich gehe nach oben." Ihr war plötzlich eine Idee gekommen. Sie wandte sich an den alten Mann. „Auf welcher Station sind Sie?"

„Zwei", antwortete er so leise, dass Kiara ihn fast nicht verstanden hätte.

Ein Lächeln glitt über ihr Gesicht. Sie nickte dem Mann zu.

„Sie können mir helfen. Wie heißen Sie?"

„Ottokar."

„Gut, Ottokar. Sie werden mich nach oben begleiten."

„Was hast du vor?", fragte Kathi.

Kiara wies auf Henry. „Zieht ihn aus. Ich nehme seine Kleidung. Falls wir jemandem begegnen, werden alle denken, ich bringe einen verwirrten Bewohner zurück in sein Zimmer."

BEWOHNER 24

Ottokars Angst war nach und nach echter Neugierde gewichen. Das hier war beinahe wie ein Tatort, nur besser.

Und er selbst war mittendrin. Wenn Maria das erleben könnte!

Offenbar hatte Pflegetechniker Henry eine ganze Menge zu verbergen. Und wer waren diese Frauen?

Als ihre Anführerin ihn nach seiner Station gefragt hatte, war ihm ein verdacht gekommen. Die Einbrecherinnen suchten nach etwas, was nicht im offiziellen Belegungsplan enthalten war Die Frauen wollten zu Ministerin Regina Felles.

Ottokar hatte nichts dagegen, sie dort hinzuführen, doch wusste er aus seiner langjährigen Krimierfahrung auch, dass willige Handlanger der Verbrecher gerne am Ende umgebracht wurden.

Doch wirklich gefährlich wirkten die Frauen auf ihn nicht. Mehr, als würden sie etwas tun, was sie für notwendig hielten.

Diejenige, die Kathi hieß, wandte sich an die Anführerin. „Soll ich nicht doch mitkommen?"

„Nein. Zu auffällig. In der Pflegerkleidung falle ich nicht allzu sehr auf. Die Nachtschicht ist ohnehin dünn besetzt."

Kathi zog die Augenbrauen hoch und sagte säuerlich: „Wie in alten Zeiten."

Ottokar hatte das Gefühl, dass das einer jener Sätze war, die in einem Krimi nebenbei fallen würden und am Ende ein wichtiger Hinweis waren. Ihm fiel nicht ein, was es hier sein könnte.

Die Anführerin griff ihm sanft unter den Arm und führte ihn in langsam zum Aufzug. Sie drängte ihn nicht, achtete sogar darauf, dass er an der Kante nicht stolperte und sicheren Halt gefunden hatte, bevor sie auf den Knopf drückte, der die Aufzugtüren schloss.

Plötzlich setzte sich in Ottokars Kopf das Puzzle zusammen: Er sah die Frau an und lächelte.

Sie zog fragend die Brauen zusammen. „Was ist los? Wird Ihnen schlecht?“

„Sie sind eine Pflegerin“, sagte er.

Sie zuckte zusammen. „Woher wollen Sie das wissen?“

Ottokar zählte seine Hinweise an den Fingern ab: “Sie siezen mich und duzen Pflegetechniker Henry. Sie behandeln mich mit Respekt und ihn wie einen unliebsamen Kollegen. Sie haben mich beruhigt, als sie die Anzeichen der Angst bei mir gesehen haben. Sie haben mich am Arm genommen und aufgepasst, dass ich nicht stolpere.

Sie sind keine gewissenlose Einbrecherin. Sie sind eine ausgebildete Pflegekraft auf einer Mission, die Ihnen wichtig ist.”

Ottokar war sich sicher, hätte sie die Skimaske nicht getragen, hätte er sie lächeln sehen.

„Leute wie Sie sind der Grund, dass ich diesen Beruf gelernt habe“, sagte sie.

„Was ist passiert?“, fragte Ottokar, doch in diesem Moment hielt der Aufzug, und die Türen öffneten sich.

Die Frau nahm Ottokar wieder am Arm und führte ihn in den Flur der Station.

HENRY

Bevor Henry protestieren konnte, zerrte die kleine Frau ihn hoch und löste seine Fesseln. Die Große stellte sich vor ihn, die anderen beiden standen links und rechts von ihm. Kaum hatte er die Hände frei, packte sie seine Arme und zerrten ihm seinen Kittel aus.

„Zieh die Hose und das Hemd aus", befahl die Mittelgroße.

Henry zögerte. Die Kleine holte zu einer Ohrfeige aus, und er duckte sich.

„Schon gut, ich mach's ja."

Er schlüpfte aus seinen weißen Arbeitsschuhen und streifte das Hemd über den Kopf. Er spürte die Kälte der Klimaanlage auf der Haut. Der Raum des Zentralrechners wurde peinlichst genau gekühlt – im Gegensatz zu den Bewohnerstationen, wo es im Sommer brütend heiß werden konnte.

Als er die Hose auszog, versuchte er, die ausgetauschte Platine in seiner Unterwäsche verschwinden zu lassen.

Die Kleine packte seine Hand.

„Was ist denn das?"

Henry wollte sich losreißen, doch es gelang ihm nicht. Die Kleine drehte ihm brutal die Hand um und entwand seinen Fingern die Platine. Nach einem kurzen Blick warf sie sie der mit den braunroten Haarsträhnen zu.

„Kathi, sieh dir das mal an."

„Biggs!", zischte die Mittelgroße.

„Ist das eure erste Geiselnahme?", witzelte Henry.

Dieses Mal erhielt er die Ohrfeige wirklich.

Er fasste sich mit der linken Hand an die Wange, weil die Kleine seine Hand noch immer nicht losgelassen hatte.

Diejenige, die mit Kathi angesprochen worden war, ging mit der Platine zum Hauptrechner.

„Nicht!", rief Henry.

Er sah, wie sich ihre Augenbrauen zusammenzogen. „Was ist

darauf gespeichert?“

„Ich kann euch helfen“, sagte Henry.

„Na klar.“ Kathi setzte erneut an, die Platine in den Hauptrechner zu stecken, um sich ihren Inhalt ansehen zu können.

„Ich glaube, ich weiß, wen ihr sucht.“

Es war ein Schuss ins Blaue gewesen, doch offenbar hatte er richtig kombiniert. Auf der Station von Bewohner 24, der immer noch da stand, als wäre er Zuschauer bei einem Krimidinner, gab es nur eine interessante Person, die einen solchen Einbruch rechtfertigte.

„Ihr Zimmer taucht nicht in den offiziellen Belegungsplänen auf. Es ist am Ende des Ganges.“ Er deutete mit dem Kopf auf Ottokar. „Er weiß, wo es ist.“

Die Mittelgroße kam auf ihn zu. „Warum der Sinneswandel?“

Henrys Blick zuckte zu der Platine. Wenn diese Kathi es schaffen würde, sie auszulesen, wäre er seinen Job los. Falls die Daten dazu noch an die Öffentlichkeit gelangten, könnte er strafrechtlich verfolgt werden. Denn der Zentralrechner speicherte auf einer entnommenen Platine den Ort und Zeitpunkt der Entnahme sowie den Namen des Technikers, der sie ausgebaut hatte. Ein solcher Eingriff in den Zentralrechner war Grund für eine Abmahnung und wäre das Aus für seine Beförderung. Denn er hatte diese Daten noch nicht von der Platine löschen können.

„Ich biete euch ein Geschäft an. Ich verwische eure Spuren, wenn ihr fertig seid, sage niemandem, was heute passiert ist, und ich bekomme meine Platine wieder. Ohne Fragen.“

Die Mittelgroße sah ihm mehrere Sekunden in die Augen. Dann wandte sie den Blick ab. „Ich werde es mir überlegen.“

Henry wollte auffahren, doch die Kleine drückte ihn an der Schulter wieder auf den Boden.

„Kathi, lass es vorerst gut sein. Ich gehe nach oben, wie geplant. Wenn ich wieder da bin, entscheiden wir, was wir mit ihm“, sie wies auf Henry, „ machen.“

Sie sah Henry noch einmal direkt an. „Solltest du Mist bauen, während ich weg bin, überlege ich nicht mehr.“

Henry nickt. Er unterdrückte ein Lächeln.

Sie hatte angebissen, da war er sich sicher.

KIARA

Kiara half Ottokar in den Flur. Sie orientierte sich und steuerte dann auf das Pflegerzimmer zu. Der Raum war, wie erwartet verschlossen.

Sie nahm Ottokar am Arm und führte ihn zu einem der Stühle gegenüber des Pflegerzimmers. Als sie sicher war, dass er sicher saß, ging sie erneut zu der verschlossenen Tür. Sie zog das Gerät, dass Kathi für sie programmiert hatte unter ihrer Kleidung hervor.

Sie öffnete seitlich des Terminals für die Türöffnung eine Klappe und verband mit einem Stecker ihr Gerät mit dem Terminal, das normalerweise dafür gemacht war, den Barcode eines Mitarbeiterausweises zu lesen.

Es dauerte nur wenige Sekunden, bis ein leises Klicken bekannt gab, dass die Tür zum Pflegerzimmer geöffnet war.

Sie sah zu Ottokar hin. „Es dauert nicht lange."

Der alte Mann lächelte, als sei diese Nacht das größte Abenteuer seines Lebens.

„Ich warte hier. Das möchte ich nicht verpassen."

Kiara nickte ihm zu. Im Pflegerzimmer setzte sie sich an den PC mit dem Belegplan. Sie wusste, dass nur fünfzig Zimmer registriert waren. Erneut setzte sie Kathis Gerät ein. Sie entsperrte mit seiner Hilfe den zusätzlichen PC, der die Kameras von Zimmer 51 steuerte.

Sie sah eine Verwüstung und eine Frau, die auf dem Boden kniete und offenbar versuchte, sich zu orientieren.

Habe ich dich, dachte sie.

Sie zog das Gerät aus dem PC, löschte den Datenstrom der letzten Minuten, seit sie mit Ottokar die Station betreten hatte und spielte stattdessen eine Dauerschleife der vorangegangenen zehn Minuten ein. Sie versicherte sich, dass sie keine Backupdateien vergessen hatte, wie Kathi es ihr in den Wochen der Vorbereitung immer wieder gezeigt hatte.

Dann trat sie aus dem Pflegerzimmer hinaus und sah Ottokar an. „Lust auf weitere Abenteuer?“, fragte sie ihn.

Der alte Mann nickte. Er versuchte, sich zu erheben, dabei fiel sein Stock um. Kiara war mit zwei Schritten bei ihm, reichte ihm den Stock an und half ihm mit einem geübten Griff auf die Beine.

„Geht es?“

Er nickte und sah sie an. „So jemanden wie Sie könnten wir hier gebrauchen.“

Kiara spürte, wie Tränen in ihren Augen brannten, und sie sah weg.

„Lassen Sie uns gehen.“

BEWOHNER 24

Wieder nahm die Frau Ottokar am Arm und passte sich seinem Tempo an.

„Mein Name ist übrigens Kiara“, sagte sie.

Ottokar drückt leicht ihre Hand. „Danke.“

Trotz ihrer Skimaske und der Bedrohung von Pflegetechniker Henry fühlte er sich bei ihr sicher. Sein Blick streifte eines der schmalen Fenster im Flur. Am Stand des Mondes erkannte er, dass die Nacht ihren Höhepunkt schon weit überschritten hatte.

Wie würde diese Nacht enden?

Kiara führte Ottokar zu Zimmer 51. Dort setzte sie wieder ihr kleines Gerät ein. Sie stieß einen erstaunten Laut aus, als sich die Tür fast sofort öffnen ließ. Ottokar erinnerte sich, dass er die Tür vorhin nur hinter sich zugezogen hatte.

War das wirklich erst vor zwei oder drei Stunden gewesen? Ihm kam es so lange vor wie die Dauer seines Lebens hier im „Herbstlaub“.

Kiara trat ein. Innen war es dunkel. Ottokar betätigte den Lichtschalter. Kiara erschrak. Wenige Meter vor ihnen auf dem Boden hockte die Ministerin und sah sich um, als wisse sie nicht, wo sie sich befand.

„Regina Felles?“, fragte Kiara.

Die Ministerin hob den Kopf. „Ich erinnere mich an diesen Namen. Ist es meiner?“

Ottokar sah, wie Kiara nickte, als hätte sie so etwas erwartet. Sie zog ein kleines Kästchen unter ihrer Kleidung hervor. Es enthielt eine Spritze und eine Ampulle mit einem Medikament. Routiniert zog Kiara die Spritze auf.

Sie fasste die Ministerin am Arm und zog einen Stauschlauch von ihrem Knöchel. Den band sie der Ministerin um den Arm und suchte nach einer Vene.

Sie klopfte ein paarmal auf den Arm. Als sie eine gefunden

hatte, strich sie mit einem Desinfektionstuch über die Stelle. Ottokar stieg der stechende Geruch des Desinfektionsmittels in die Nase. Dann stach sie die Nadel in den Arm und injizierte das Medikament.

Sie nahm den Stauschlauch ab, verpackte Spritze und Medikament, dann half sie der Ministerin in den nächsten Sessel.

„Das Medikament müsste gleich wirken. Sie werden sehen, dass ihr Kopf klarer wird. Es hebt die Wirkung der Psychopharmaka auf."

Sie warteten einige Minuten. Plötzlich hob Regina Felles den Kopf.

„Wer sind Sie?"

„Mein Name ist Kiara. Ich bin ausgebildete Krankenpflegerin und habe früher hier gearbeitet, bevor durch Ihre Reform mein Arbeitsplatz von einem Roboter eingenommen wurde."

Regina Felles brauchte einige Sekunden, um diese Informationen zu verdauen, dann nickte sie. „Die Pflegereform, ja. Schon als ich sie verabschiedet habe, ahnte ich, dass mir das eines Tages auf die Füße fallen würde. Doch unser Land brauchte neue Arbeitsplätze. So viele waren weggefallen durch die zunehmende Automatisierung. Pflege wurde immer teurer, die Menschen immer älter – Robotertechnik schien da eine passende Lösung zu sein."

„Sie wollten Arbeitsplätze schaffen, indem Sie die Pflegekräfte arbeitslos gemacht haben?"

Regina Felles hob die Hände. „Nein, nein, das war anders. Es war …" Sie fasste sich an den Kopf. „Ich bekomme es nicht mehr zusammen. Jemand war bei mir. Sie sagten zu mir, der Bau und die Wartung der Pflegeroboter würde einen neuen Industriezweig schaffen mit vielen Arbeitsplätzen. Vom Platinenlöter über den Montierer bis hin zu den Technikern und Programmierern. Dagegen wären die Roboter doch nur eine Unterstützung des Pflegepersonals. Sie sollten sie nicht ersetzen."

Die Ministerin hielt inne. "Ich habe ihnen den Weg freigemacht. Den Lobbyisten. In kürzester Zeit erkannten die Pflegekassen und Seniorenheime, das enorme Potenzial der Roboter. Bevor ich wirklich begriffen hatte, welches Gesetz ich da durchgesetzt hatte, waren bereits ein Drittel aller Pflegekräfte entlassen worden.

Ich habe meine Freunde in der Politik beschworen, das Gesetz zurückzunehmen. Doch niemand wollte etwas davon hören.

Es läuft alles, sagten sie.

Schließlich habe ich gedroht, mich an die Öffentlichkeit zu wenden. Die Bevölkerung verachtete mich wegen meiner Pflegereform ohnehin schon, doch noch verziehen sie mir, weil durch den Einsatz von Robotern die Beiträge zur Pflegeversicherung erstmals seit fünf Jahren nicht erhöht werden mussten. Zudem war der Angehörigenanteil zur Pflege durch den Einsatz von Robotern niedriger und auch die Pflege zu Hause war wesentlich besser mit einem Beruf vereinbar.

So hielten sich meine Fürsprecher und Gegner in der Waage.

Doch als ich drohte, der Öffentlichkeit zu erklären, dass ich einen Fehler gemacht hatte, und ich damit der massiven Entlassung von Pflegepersonal Vorschub geleistet hatte, da suchten sie für mich eine andere Lösung."

Sie hob die Hände. „So bin ich hier gelandet."

KIARA

Kiara nahm Ottokar wieder mit zum Zentralrechner des Lagers, da er sie darum gebeten hatte, bis zum Ende dieser Geschichte mit dabei sein zu dürfen.

Im Lager angekommen, hielt Kiara eine kleine Kamera hoch. „Wir haben alles, was wir brauchen."

Biggs stieß einen Freudenschrei aus, die anderen lächelten. Die Anspannung der letzten Wochen fiel von Kiara ab. So viel hatte sie getan und sich immer verantwortlich gefühlt. Sich immer wieder gefragt, ob sie erfolgreich sein könnten.

„Was machen wir mit ihm?", fragte Kathi und stieß Henry unsanft an.

Kiara zögerte nur eine Sekunde. „Wir lassen ihn gehen."

„Was?", fragte Kathi ungläubig.

Kiara grinste und zog die Kamera hervor. Rasch hintereinander fotografierte sie Henry neben dem geöffneten Zentralrechner und den Roboter. Sie achtete sorgfältig darauf, dass keine der Frauen im Bild war.

„Kopiere den Speicher der Platine, die er ausgebaut hat", sagte sie zu Kathi. „Dann hauen wir ab."

Sie trat auf Henry zu. „Du hast uns nicht gesehen und wir dich nicht. Sollten mir etwas anderes zu Ohren kommen, veröffentliche ich diese Informationen", sie wies auf die Kamera, „in jedem Boulevard-Blatt, das an einer Story über einen gewissenlosen Pflegetechniker interessiert ist. Haben wir uns verstanden?"

Er nickte.

Kiara zog sich aus und gab ihm seine Sachen zurück. Dann gab sie das Zeichen zum Aufbruch. Eine nach der anderen verschwand im Lager, auf dem Weg zum Wartungsschacht.

Kiara ging als Letzte. Sie drehte sich noch einmal zu Ottokar um. „Danke", sagte sie.

Er lächelte und nickte ihr zu.

HENRY

Henry verdrängte mit Gewalt den Gedanken an seine Geiselnahme. Er sah auf die Uhr und erschrak. So viel Zeit war vergangen.

Er beeilte sich, DR 1 die Platine einzubauen und seine Spuren zu verwischen. Als er mit dem Pflegeroboter zum Aufzug gehen wollte, bemerkte er Bewohner 24, der noch immer dort stand.

„Die Show ist vorbei“, sagte er barsch.

Bewohner 24 verstellte ihm den Weg zum Aufzug.

„Noch nicht ganz“, sagte er und hielt eine Speicherkarte hoch.

Henrys Augen verengten sich zu Schlitzen. Was sollte das denn wieder? War diese Nachtschicht nicht anstrengend genug gewesen?

Er machte Anstalten, sich an Bewohner 24 vorbei zum Aufzug zu drängen, doch dieser hob seinen Stock und setzte ihn Henry auf die Brust.

„Erst reden wir“, sagte er.

BEWOHNER 24

Im Aufzug auf dem Weg nach unten hatte Kiara Ottokar alles erklärt.

Als die Frauen gegangen waren, stellte Ottokar Henry Taylor zu Rede.

„Sie haben Maria auf dem Gewissen", sagte er, „und dafür werden Sie bezahlen. Sonst gebe ich diese Informationen", er hielt die Speicherkarte mit den Informationen hoch, die Kiara ihm gegeben hatte, „an die Heimleitung."

„Maria?", stammelte Henry.

„Oh Entschuldigung, Sie kennen uns ja nur mit Nummern. Bewohnerin 32", schnappte Ottokar.

Henry wurde blass. „Ich weiß, wer sie war. Der einzige Name, den ich mir je gemerkt habe", flüsterte Henry.

„Weil Sie sie umgebracht haben", zischte Ottokar. Er zeigte auf Henry und begann zu zittern. „Es war Ihre Schuld und Sie haben es vertuscht!"

„Was wollen Sie?"

Ottokar sagte es ihm.

In Zimmer 32 war jemand Neues eingezogen. Sie hieß Gertrud Schiemann und mochte den Tatort.

Ottokar lud sie auf einen Kaffee im Speiseraum ein und fühlte sich das erste Mal seit Marias Tod nicht mehr ganz so einsam.

Die verrückte Nacht, lag inzwischen vier Wochen zurück.

Seitdem war viel geschehen.

Ministerin Regina Felles hatte das „Herbstlaub" verlassen. Sie berichtete öffentlich davon, wie sie politisch unter Druck und später gegen ihren Willen unter Medikamente gesetzt worden war, damit sie nicht redete.

Sie hatte Recherchen anstellen lassen, unter anderem eine im „Herbstlaub", die sich auf die Zuverlässigkeit von

Pflegerobotern bei der Medikamentenausgabe bezog, als ihr der Verdacht kam, dass ihre Pflegereform in die falsche Richtung lief.

Dabei hatte ein von ihr beauftragter Spezialist alle Fälle von möglicherweise medikamenteninduzierten Todesfällen, Herzinfarkten und Schlaganfällen untersucht. Einer dieser Fälle war Maria Niehus gewesen.

Der Spezialist hatte bei ihr den Verdacht, dass die falschen Tabletten zu ihrem Schlaganfall geführt hatten. Er hatte den Pflegeroboter ausgemacht, der die Medikamente am Abend vor dem Schlaganfall verteilt hatte. Der Spezialist stellte fest, dass der Pflegeroboter an diesem Abend eine Störung aufgezeichnet hatte, alle anderen Daten dazu waren jedoch überschrieben worden.

Henry Taylor wurde nicht mit dem Vorfall in Verbindung gebracht.

Er hatte jedoch für Ottokars Schweigen eine Stiftung auf Marias Namen gegründet, die sich für Hilfe bei der Rehabilitation von Schlaganfallpatienten einsetzte.

Kiara hatte ihre Unterhaltung mit Ministerin Felles aufgenommen und an alle großen Nachrichtensender geschickt. Der Skandal brodelte zwei Wochen durch die Medien. Die Ministerin hatte öffentlich zu ihrer Pflegereform Stellung genommen. Als ein erstes Ergebnis waren einige wenige Pflegeroboter der neuen Klasse DR 1 außer Betrieb genommen und durch examinierte Pflegekräfte ersetzt worden.

Kiara, Biggs, Kathi, Rieke und Maike erhielten neue Arbeitsplätze in dem Job, den sie so sehr liebten.

HENRY

Henry Taylor hatte wieder die Nachtschicht. Er war bereits in seine Prüfungsvorbereitung vertieft, als plötzlich jemand an die Scheibe des Pflegerzimmers klopfte.

Er zuckte zusammen, als er sie erkannte. Das letzte Mal, als er sie gesehen hatte, hatte sie ihm gedroht.

In ihrer weißen Pflegerinnenkleidung sah sie weniger sexy aus als in dem schwarzen, eng anliegenden Anzug, aber kein bisschen weniger bedrohlich, obwohl sie lächelte.

Er öffnete ihr die Tür.

Kiara trat ein.

„Ich wollte mich vorstellen", lächelte sie, „ich arbeite ab Montag hier."

Henry starrte Kiara an. „Herzlichen Glückwunsch", brachte er schließlich hervor.

Kiara grinste. „Wir werden sicher gut zusammenarbeiten."

Dann drehte sie sich um und ging.

Es dauerte Minuten, bis Henrys Puls sich beruhigte. Dann wandte er sich wieder seinen Unterlagen zu. Noch fünf Monate bis zur Meisterprüfung.

Danach stand seiner Beförderung nichts mehr im Weg.

ENDE

Instagram: @leselichtung

Facebook: LeseLichtung / Jona Orbis

Homepage: www.leselichtung.com

Mehr von Jona Orbis?

Weil wir anders sind

Darf man die Freiheit eines Volkes gegen die Interessen der Menschheit abwägen?

30 Jahre in der Zukunft:

Ein europäischer Satellit hat im Pazifischen Ozean eine bisher unbekannte Inselgruppe entdeckt. Die Europäische Union benennt sie nach der sagenumwobenen Insel Atlantis. Vorgeblich zur Integration der Urbevölkerung, tatsächlich aber aus wirtschaftlichen Interessen, wird die European Army EA entsendet. Die Urbevölkerung der Atlanti wird unter dem Decknamen der „Geführten Besiedelung" in Lager gesperrt und bewacht.

In dieser Situation treffen der junge Soldat Julius und die junge Atlanti Kara in einem der Lager auf Atlantis aufeinander. Trotz Misstrauen und Vorurteilen ist das gegenseitige Interesse groß.

Doch die beiden stehen nicht nur als einzelne Menschen auf unterschiedlichen Seiten des Militärstacheldrahtes: Auch in ihrer beider Familien gibt es Geheimnisse, die tief in der Geschichte der Eroberung Atlantis durch die Europäer verwurzelt sind.

Werden Julius und Kara trotz äußerer und eigener innerer Widerstände einen Weg zueinander finden?

Outgate

Vor den Mauern der Stadt

Köln, 30 Jahre in der Zukunft: Als Folge des zunehmenden Nationalismus haben sich die Großstädte in Deutschland zu Gated Communitys entwickelt: Eigenständige Stadtstaaten mit Planwirtschaft und streng geregeltem Aufenthaltsrecht. Sarah und Blue sind outgate, aufgewachsen im Distrikt Leverkusen, der wirtschaftlich und baulich mehr und mehr verfällt. Während es Sarahs großer Traum ist, eines Tages als Ingate zu leben, will Blue outgate leben und als Krankenpflegerin arbeiten. Die Freundschaft der beiden erlebt ihre härteste Zerreißprobe, als Sarah ihren Wunsch, Ingate zu leben, um jeden Preis umsetzen will, während Blue für ihr Ziel, den Menschen Outgate zu helfen, auch illegale Wege geht. Kann ihre Freundschaft die politischen Stürme ihrer Zeit überstehen?

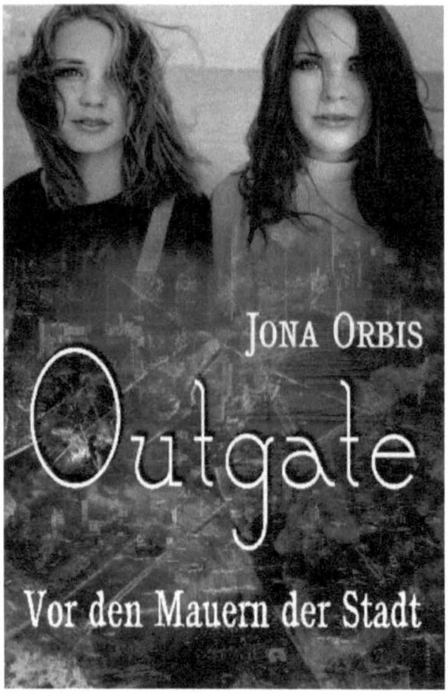

Schwarzer Engel

Die Unberührbaren

Sie wurden für den Krieg erschaffen.

Doch was geschieht, wenn die Kämpfe beendet sind und man für die Krieger keine Verwendung mehr hat?

Der Journalist Ruben Saint Clair begibt sich auf seinem Heimatplanten Mars auf die Spuren derjenigen, die man die "Schwarzen Engel" nennt - von Genetikern erschaffene Krieger, die keine Aufgabe mehr haben.

Sie wurden erschaffen als tödliche Waffe - ist ihnen ein normales menschliches Leben in einer Gesellschaft überhaupt möglich?

"Wir erschufen dieses Leben für die Unberührbaren, um für uns ein besseres zu schaffen.

Sie waren unsere Waffe im Kampf.

Doch was geschieht mit einer Waffe, die man nicht nach Ende des Krieges zu etwas Nützlichem umschmieden kann? Man schließt sie weg, damit die Kinder nicht damit spielen."

Gegen alle Tabus

Er ist nicht ihr Freund.

Er ist nicht ihr Arbeitskollege.

Er ist die Maschine, die sie repariert.

Als die Androidtechnikerin Danae Aiden kennenlernt, hält sie ihn für einen Menschen. Doch die erste Reparatur an ihm zeigt ihr nicht nur seine hochentwickelte künstliche Intelligenz, sondern auch seine Fähigkeit zu echten Emotionen.

Ihre Liebe ist ein Tabu - wohin wird es sie führen, wenn sie daran festhalten?